GYP

Mademoiselle Ève

ROMAN

ERNEST FLAMMARION, ÉDITEUR
26, Rue Racine, Paris

Dix-septième mille

Mademoiselle Ève

OUVRAGES DU MÊME AUTEUR

GYP

Mademoiselle Ève

ROMAN

ERNEST FLAMMARION, ÉDITEUR

26, RUE RACINE, PARIS

Tous droits de traduction, d'adaptation et de reproduction réservés
pour tous les pays.

Mademoiselle Ève

I

CHEZ MADAME DE CHAVANNES

Un salon communiquant par deux larges baies à une enfilade de pièces ornées de fleurs et très éclairées. Entre les deux baies, une cheminée avec glace sans tain. — L'orchestre dans le salon voisin joue une valse. Des groupes traversent la pièce en causant et en dansant.

COLETTE, *debout contre la cheminée,*
cause avec ROBERT.

COLETTE. *Trente ans, fine et jolie, elle*
rit. — Rassurez-vous !... elle viendra !...
je vous le promets !... (*Elle aperçoit la*
marquise qui entre par la baie de droite.)
Tenez !... quand je vous le disais !... (*Elle*
va au-devant de la marquise.) Bonsoir,
Grand mère !...

ROBERT, *inquiet, à la marquise.* — Est-
ce que mademoiselle Ève ne vous a pas
accompagnée ?...

LA MARQUISE. — Si fait... si fait !...
seulement elle a été enlevée par un danseur quelconque... Elle danse là-bas...

ROBERT. — Je vais voir si je puis
obtenir une danse !... (*Il sort en cou-*
rant.)

LA MARQUISE, *le suivant des yeux.* — Ce pauvre garçon !... Il est fou d'Ève... et je crains bien...

COLETTE. — Elle ne veut pas se décider ?...

LA MARQUISE. — Elle hésite... et ça me désole !... elle nous répète qu'elle n'est pas pressée de se marier...

COLETTE. — Elle a bien raison ! pour l'agrément qu'on a !...

LA MARQUISE. — Je te conseille de te plaindre, toi !... (*Elle rit.*) Tu étais veuve à vingt-cinq ans !... Veuve ! une situation idéale !... pour toi !...

COLETTE. — Parce que je n'aimais pas mon mari... car enfin, si je l'avais aimé...

LA MARQUISE. — Allons !... ne parlons pas de choses tristes !... Et dis-moi plutôt quelle idée t'a prise d'aller donner un bal blanc au mois de décembre... en pleine saison de chasse et quand personne n'est rentré à Paris ?... Tu nous fais faire dix-sept kilomètres pour venir de la campagne !...

COLETTE. — Mais c'est pour les quinze ans de Loulou que je donne ce bal !...

LA MARQUISE. — Quinze ans !... Déjà !... Ce gamin de Loulou !... C'est pourtant vrai !...

COLETTE. — Oui... et il faut absolument tâcher de la civiliser un peu...

LA MARQUISE. — Nous aurons de la peine !... Vois sa cousine ?... On ne la civilisera pas non plus, celle-là !... Il est vrai que c'est la faute de son pauvre père !... Il lui a trop montré le monde et la vie sous leur vrai jour... Il l'a élevée comme un garçon !... Quand j'ai voulu réformer tout ça, il était trop tard !...

COLETTE. — Ève est un peu nature peut-être, mais bien élevée et très sérieuse

au fond... Enfin c'est une perle... et vous
le savez bien ?...

LA MARQUISE. — Oui, je le sais !... aussi
je la gâte trop !... Je lui laisse faire tout
ce qu'elle veut !...

COLETTE. — Et tout ce qu'elle veut est
toujours bien !... C'est le caractère le
plus droit, le plus honnête qui existe !...
Quant à Loulou, elle est tout bonnement
impossible !...

LA MARQUISE. — Allons donc !... Moi,
je l'adore, cette enfant-là !... Elle est
bonne, intelligente...

COLETTE. — Oui, mais insupportable !... Elle désespère Papa et Maman
qui se demandent comment, ne les quittant jamais, elle apprend tout ce qu'elle
dit... Enfin, voilà papa qui a un com-
mandement à Paris, on va la mener un
peu dans le monde et il faudra qu'elle se
tienne relativement bien... On me l'a con-

fiée pour un mois, et je commence le trai-
tement par ce bal blanc qui vous indigne
si fort...

LA MARQUISE. — Ah !... à propos ! Tu
sais que nous y amenons une danseuse
mariée, à ton bal blanc !...

COLETTE. — Qui donc ?...

LA MARQUISE. — Suzanne !... Les Jurieu sont à Griges depuis huit jours...

COLETTE, *surprise.* — Ah ?...

LA MARQUISE. — Pourquoi dis-tu
« Ah » ?

COLETTE. — Moi... pour rien !... Je
croyais que madame de Jurieu avait la
campagne en horreur... dans cette sai-
son-ci surtout...

LA MARQUISE. — Mais Jurien est fou
de la chasse... et il promène sa femme
de château en château... Pourquoi ris-
tu ?...

COLETTE. — Ai-je ri ?...

LA MARQUISE. — Oui, tu as ri ?... Ah!
çà ! Qu'est-ce que vous avez donc, Ève et
toi, contre Suzanne ?...

COLETTE. — Mais absolument rien,
Grand'mère...

LA MARQUISE. — Si !... Autrefois, vous
étiez très liées avec elle... toi surtout...
Vous vous appeliez par vos prénoms...

COLETTE. — Eh bien, mais je l'appelle
toujours Suzanne et elle m'appelle toujours Colette...

LA MARQUISE. — Ève s'est mise à l'appeler madame... Et puis... vous ne vous
voyez guère...

COLETTE. — Les Jurieu ont passé les
deux derniers hivers à Florence...

LA MARQUISE. — Depuis près d'un an
ils sont de retour, et tu ne verrais jamais
la Suzanne si tu ne la rencontrais pas chez
moi...

COLETTE. — C'est vrai, mais je l'y ren-

contre souvent, Grand'mère !... Vous raf-
folez d'elle !...

LA MARQUISE. — Et vous... pourquoi
ne l'aimez-vous pas ?

COLETTE. — Parce qu'elle est trop
parfaite !... et qu'on nous l'a trop donnée pour exemple !... « Regardez donc
Suzanne !... Ah ! si vous aviez la tenue de
Suzanne !... et les yeux baissés de Suzanne !... etc., etc. » Alors, vous comprenez, Grand'mère, nous nous sommes
habituées à la considérer comme un
modèle plutôt que comme une amie...

LA MARQUISE. — Enfin, elle vient ce
soir avec son mari !... Nous ne pouvions
pas les laisser passer la soirée à Griges en
tête-à-tête ?...

COLETTE. — Non, évidemment !... Ils
sont là ?...

LA MARQUISE. — Pas encore !... Ils
doivent être pour l'instant entre Saint-

Cloud et Sèvres. Ils viennent avec les Branges dans la limousine... Ils n'étaient pas prêts quand nous sommes parties !... Jacques les suit, avec la cousine de La Trembloie... car elle vient aussi au petit bal blanc, la cousine de La Trembloie !...

COLETTE. — Dame !.. une chanoinesse !... c'est son droit !...

LA MARQUISE, *elle rit.* — Je l'espère !... Il faut une heure et demie pour venir de Griges aux Champs-Elysées !... je suis gelée, moi !... (*Elle remonte et se chauffe les pieds à la cheminée. — Simone entre en dansant avec Louville.*)

LA MARQUISE, *à Simone.* — Bonsoir, ma chère petite !...

SIMONE, *elle court à la marquise.* — Bonsoir, madame !... Est-ce que Ève n'est pas là ?...

LA MARQUISE. — Si... si... elle danse...

SIMONE. — Alors, nous allons la trouver là-bas !... (*Elle sort au bras de Louville.*)

LA MARQUISE. — Elle est ravissante, cette petite !... Je veux la marier...

COLETTE. — Oh ! vous ! vous voulez marier tout le monde, Grand'mère !... (*Elle rit.*) A qui ?...

LA MARQUISE. — A Pierre Moray !...

COLETTE. — Ah !... Vous n'y réussirez pas !... Il n'a pas envie de se marier !...

LA MARQUISE. — Peut-être changera-t-il d'avis quand il verra Simone... Dans tous les cas, je veux la lui montrer... et je lui ai écrit de venir ce soir...

COLETTE. — Mais il est à Rome...

LA MARQUISE. — Comment !... Je croyais qu'il était revenu ?...

COLETTE. — De Suède, oui... mais parti pour l'Italie...

LA MARQUISE. — Depuis trois ou quatre ans, il ne tient pas en place... Il me manque beaucoup !...

COLETTE. — Vous l'aimez bien, votre filleul?...

LA MARQUISE. — Sa mère était ma meilleure amie... et il a été le meilleur ami de mon pauvre fils... Il est presque mon enfant.

COLETTE. — Et c'est pour ça que vous voulez faire son bonheur en le mariant malgré lui ?...

LA MARQUISE. — Oui... Je trouve qu'il est d'âge à... (*Elle regarde par la glace sans tain.*) Comment ! Tu as invité cette affreuse douairière de Laubardemont ?...

COLETTE. — Il le fallait bien... une vieille amie de la famille !...

LA MARQUISE. — Je ne sais pas comment ça se fait !... Elle est « la vieille amie » de toutes les familles !... Elles ont un drôle de goût, les familles !... (*Elle reprend son inspection.*) J'aperçois une collection de jolies frimousses !... Ah ! par exemple, voilà un paquet qui peut compter !... Où as-tu pêché ce monstre?..

COLETTE. — Où ça ?... (*Elle regarde.*) Ah ! le fait est qu'elle n'est pas réussie, la pauvre petite !...

LA MARQUISE. — Sa voisine non plus...

COLETTE. — Ce sont des amies de Loulou... elle les a connues au couvent... la moins laide est la fille d'un raffineur...

LA MARQUISE. — Riche ?...

COLETTE. — Horriblement !...

LA MARQUISE. — Tant mieux pour elle... elle a besoin de ça !... (*Gilberte traverse le salon en dansant avec Juvisy.*) Elle est jolie, cette petite Gilberte !...

COLETTE. — Très jolie ! (*Respectueusement.*) et bachelier ès lettres et ès sciences, Grand'mère !...

LA MARQUISE. — Tais-toi !... ne me dis pas ça !... Tu me la ferais trouver laide !... Alors, décidément ça prend, cette abominable mode !... Nous gâter ainsi les jeunes filles !... c'est monstrueux !...

COLETTE, *elle aperçoit le duc de Jurieu qui entre par la baie de droite.* — Ah !... voilà monsieur de Jurieu !...

COLETTE, *elle tend la main au duc.* — Bonsoir !...

LA MARQUISE. — Vous avez fait bon voyage ?...

LE DUC. *Cinquante ans. L'air bête et distingué.* — Excellent...

COLETTE. — Suzanne n'a pas eu trop froid ?...

LE DUC. — J'espère que non !... Elle n'est pas encore arrivée...

LA MARQUISE, *étonnée.* — Comment ça ?...

LE DUC. — Ah !... c'est vrai !... vous

ne savez pas !... Eh bien, elle a eu peur
de votre second chauffeur... Elle est horriblement craintive, ma femme !... Heureusement, cette bonne Chanoinesse a
bien voulu changer de place avec elle...

LA MARQUISE. — Alors, elle vient dans
le coupé ?...

COLETTE. — Avec Jacques ?... (*Elle
rit.*)

LE DUC. — Parfaitement !... (*Mouvement de Colette.*) et je suis étonné qu'ils
ne soient pas encore là...

LA MARQUISE. — Ne vous tourmentez
pas ! Mon vieux Benoît conduit avec une
sage lenteur... ce retard n'est pas étonnant...

COLETTE, *narquoise.* — Pas étonnant
du tout !... (*La Duchesse entre avec
Jacques et la chanoinesse.*) D'ailleurs, les
voici !.. Bonsoir, Suzanne !...

LA DUCHESSE, *ravissante, très réservée*

et digne, toilette et coiffure sérieuses. —
Bonsoir Colette...

COLETTE, *à la chanoinesse.* — Bonsoir,
Cousine ! (*A Jacques.*) Bonsoir, toi !...
(*Bas.*) Ote donc le blanc que tu as au
revers de ton habit... Attends un instant,
Grand'mère te regarde !...

LA CHANOINESSE. — En venant, nous
avons traversé le Bois qui est couvert de
givre !... la lune se jouait dans les eaux
du lac !... (*Lyrique.*) Quelle nuit !...

LA MARQUISE, *bas, à Colette.* — Qu'est-
ce que tu as donc dit à Jacques ?... Il est
devenu rouge comme une tomate !...

COLETTE. — Je lui donnais un bon conseil !... (*Elle passe près de la Duchesse.*)
Et vous, Suzanne, avez-vous aussi trouvé
la promenade agréable ?...

LA DUCHESSE, *froidement.* — Je l'ai
trouvée longue, surtout !...

COLETTE. — Oh ! vous êtes dure pour

ce pauvre Jacques !... — Entends-tu, Jacques ?... Il paraît que tu n'as pas été amusant !...

JACQUES, *voulant rompre les chiens et allant au-devant de Xaintrailles qui entre.* — Comment !... vous voilà ici, vous !... Quel miracle !

COLETTE, *à Xaintrailles, qui la salue.* — Vous venez au bal !... Qu'est-ce qu'il vous est donc arrivé ?...

XAINTRAILLES. *Trente-cinq ans. Très chic.* — Je deviens sérieux !...

COLETTE. — Ça, par exemple, je vous en défie bien !...

XAINTRAILLES. — Et pourquoi donc ?... Il est un moment dans la vie où le caractère change... où la nature elle-même se modifie... il suffit pour cela... (*Il regarde la Duchesse qui reste impassible.*)

LA CHANOINESSE, *émue, en elle-même.*

— Pourquoi m'a-t-il regardée ?... (*Elle
s'éloigne avec la Duchesse, Colette et le
Duc.*)

JACQUES, *à Xaintrailles.* — Voyons,
blague à part, qu'est-ce que vous venez
faire ici ?...

XAINTRAILLES, *d'un ton confidentiel.* —
Je suis à la recherche d'une femme...

JACQUES. — Eh bien, mais, à un bal
ordinaire, je comprendrais ça... mais à
un bal blanc ?...

XAINTRAILLES. — Vous n'y êtes pas !
Je veux me marier !...

JACQUES, *stupéfait.* — Vous ?...

XAINTRAILLES. — Oui, moi !... Il faut
absolument que je me marie... Il doit
y avoir des tas d'héritières à ce
bal ?...

JACQUES. — Il y a d'abord Loulou...

XAINTRAILLES. — Qui ça, Loulou ?...

JACQUES. — Ma petite cousine de

Griges, la sœur de Colette de Chavannes... c'est pour elle que le bal est
donné...

XAINTRAILLES. — Est-ce qu'elle est très
riche ?...

JACQUES. — Très !... Un vieil oncle à
nous lui a laissé toute sa fortune...
parce qu'il la trouvait plus amusante et
plus drôle que ses autres neveux et
nièces...

XAINTRAILLES. — C'est moi qui voudrais être trouvé plus drôle que les autres
par un vieil oncle !... Alors, mademoiselle
Loulou est une héritière ?...

JACQUES. — Oui, mais elle a eu quinze
ans hier...

XAINTRAILLES. — Bigre !... C'est un
peu jeune !... et puis, on ne voudrait pas
de moi ?... (*La douairière de Laubardemont entre en causant avec plusieurs per-
sonnes et s'assoit sur un divan.*)

JACQUES. — A vous dire vrai, je le crains !... (*Il rit.*) Il y a aussi la petite de Brizieux qui a une grosse dot... Et puis, Loulou a des amies de pension, dont les parents sont dans les sucres... ou dans les huiles, je ne sais plus trop... et possèdent des sacs énormes...

XAINTRAILLES, *très intéressé.* — Ah !... (*Des couples passent en dansant.*)

JACQUES. — Ma danseuse que j'oublie !... (*Il se sauve en courant.*)

XAINTRAILLES, *en lui-même.* — Il a dit dans les sucres... ou dans les huiles... ça doit être ça !... S'il se doutait que je suis envoyé ici par une agence, Seigneur !... Depuis une heure j'erre dans ce bal et je ne vois rien venir !... A l'agence on m'a dit : « Allez au bal chez madame de Chavannes... là, une personne sûre, de votre monde et de vos relations, affiliée à notre

maison, vous indiquera la jeune fille... »
Une personne sûre de mon monde et de
mes relations affiliée à la maison Leretor
et Cie ! ! ! c'est raide !... Qui diable ça
peut-il être ?... Les Dumont donnent un
million de dot !... c'est très gentil, mais
la jeune fille n'est pas jolie... (*Il sort un
petit carnet de sa poche.*) « Une blonde
filasse... d'un blond bête... A conservé de
l'éducation de couvent une raideur apparente... Elle aura chez madame de Chavannes une toilette *rose crevette*... » Sac
à papier !.. c'est tout de même dur d'é-
pouser une femme sur laquelle une
agence donne de semblables détails !...
On a beau être au-dessus des pré-
jugés !... Voyons ?... (*Il regarde autour
de lui.*) On m'a dit « une personne
sûre... », mais on a négligé de me ren-
seigner sur son sexe... En attendant, je
vais toujours renouveler connaissance

avec la petite sœur aux millions... et me faire présenter à mademoiselle de Brizieux... Il ne faut rien négliger !... Et la Duchesse ?... je trouve que mes affaires n'avancent pas vite avec la Duchesse !... Ah çà ! est-ce qu'elle serait vertueuse pour tout de bon ?... Ça m'étonnerait bien !... (*Il remonte et se trouve nez à nez avec la douairière de Laubardemont qui est toujours assise sur le divan.*) Allons, bon !... les Chaville et la douairière de Laubardemont !... pas moyen d'esquiver le salut !... ils m'ont vu !... (*Il se dirige vers le groupe, saluts.*)

LA DOUAIRIÈRE, *très aimable.* — Toujours gentil, ce cher petit vicomte !... et poli pour les vieilles femmes, lui, à la bonne heure !... (*Sa voisine qui a quarante ans fait une tête.*)

XAINTRAILLES, *saluant profondément.* — Madame...

LA DOUAIRIÈRE, *elle se lève*. — Puisque vous voilà, vous allez me conduire au buffet... Ah ! vous êtes pris !... Tant pis pour vous !...

XAINTRAILLES, *en lui-même, très ennuyé*. — Patatras !... (*Haut, arrondissant son bras.*) Je suis à vos ordres, Madame !...

LA DOUAIRIÈRE, *très maternelle*. — Mon cher enfant, le ~~buffet~~ n'était qu'un prétexte !... J'ai à vous parler !...

XAINTRAILLES, *surpris*. — A me parler ?...

LA DOUAIRIÈRE. — Vous savez quels liens d'amitié m'attachent à votre famille et je veux profiter de...

XAINTRAILLES, *inquiet, à part*. — Aïe !... Aïe !... Aïe !... Elle va me dire qu'elle a oublié son porte-monnaie pour le poker !... Ah ! mais non !...

LA DOUAIRIÈRE. — Je désire vivement

vous voir sortir de la situation un peu...
embarrassée où vous vous trouvez, grâce
à vos folies... et j'ai accepté... j'ai con-
senti à me charger de...

XAINTRAILLES, *illuminé, en lui-même.*
— C'est elle !... Imbécile que je suis !...
je ne devinais rien !... Ah bien ! si
c'est ça qu'ils appellent une personne
sûre !... Pas vétilleuse, l'agence !...

LA DOUAIRIÈRE. — En vous mettant à
même de faire un très beau mariage, j'espère vous témoigner mon intérêt...

XAINTRAILLES, *en lui-même.* — À tant
pour cent !... (*Haut.*) En vérité, vous êtes
mille fois bonne, Madame...

LA DOUAIRIÈRE, *l'amenant devant la
glace sans tain.* — Tenez... voyez-vous,
là... cette jeune fille en rose ?...

XAINTRAILLES, *regardant dans la direc-
tion indiquée.* — Parfaitement, en rose
crevette ?...

LA DOUAIRIÈRE. — Crevette si vous voulez...

XAINTRAILLES, *regardant attentivement.* — Oh !... la la !...

LA DOUAIRIÈRE. — Elle n'est pas précisément jolie...

XAINTRAILLES. — Ah ! fichtre non !...

LA DOUAIRIÈRE. — Mais elle a du charme...

XAINTRAILLES, *saisi.* — Ça dépend des goûts !... (*Résolument.*) Alors, vous avez la bonté de me présenter ?...

LA DOUAIRIÈRE. — Non !... Il est décidé qu'on ne fait pas de présentations !... On veut voir si vous convenez à la jeune fille et aux parents, et s'ils vous conviennent également, voilà tout !... Vous allez inviter la petite Dumont à danser ?...

XAINTRAILLES. — Comment ça !... sans être présenté ?... Elle va m'envoyer promener, la petite demoiselle !...

LA DOUAIRIÈRE. — Puisque je vous dis que c'est convenu !...

XAINTRAILLES. — Que je vous remercie de vos bontés !...

LA DOUAIRIÈRE. — Ne me remerciez pas... Je suis si contente de saisir l'occasion de faire des heureux...

XAINTRAILLES, *en lui-même*. — Et de réaliser un petit bénef !... (*Il regarde Ève qui passe en dansant avec Robert.*) Ah ! si la demoiselle ressemblait à mademoiselle de Griges !...

LA DOUAIRIÈRE. — Je pars... je suis très fatiguée, mon cher enfant...

XAINTRAILLES. — Permettez-moi de vous mettre en voiture ?... (*Ils sortent.*)

ROBERT, *il s'arrête*. — Si je ne vous arrêtais pas, vous danseriez sans vous reposer !...

ÈVE. — Mais oui !... d'abord, vous

dansez très bien... ensuite, quand vous dansez...

ROBERT, *interrompant*. — Je ne parle pas... Je ne vous répète pas ce que vous savez trop...

ÈVE. — Non... pas trop, car je suis très touchée, très reconnaissante de votre affection, mon cher Robert...

ROBERT. — Alors, pourquoi la repousser, cette affection ?... Je vous aime depuis si longtemps, je vous aime si tendrement !... Pourquoi ne voulez-vous pas m'aimer aussi un peu, dites ?...

ÈVE. — Je vous aime, non pas un peu, mais beaucoup... Je vous l'ai dit souvent et je vous le répète très sincèrement, seulement...

ROBERT. — Seulement ?...

ÈVE. — Seulement, je vous l'ai dit aussi... je ne crois pas être du tout, mais du tout la femme qu'il vous faut !...

(*Mouvement de Robert.*) Non... Grand'-
mère prétend que je suis une indépendante, un sauvage...

ROBERT. — Mais...

ÈVE. — Et elle a raison, Grand'-
mère !... Vous, vous êtes un monsieur
très correct, très grave...

ROBERT. — Je vous assure que vous me
connaissez mal !...

ÈVE. — Que non !... je vous connais
très bien, au contraire !... je suis con-
fiante, vous êtes soupçonneux...

ROBERT. — Mais non...

ÈVE, *souriant.* — Mais si !... Je me
souviens des scènes que vous faisiez... il y
a bien longtemps... à Suzanne de Trène...
avant son mariage... quand vous vouliez
l'épouser !... Car vous l'aimiez, dans ce
temps-là, madame de Jurieu ?...

ROBERT, *embarrassé.* — Comment...
vous avez su ?.. Vous étiez si petite !...

ÈVE. — Précisément !... Vous ne vous gêniez pas devant moi... mais je voyais très bien ce qui se passait... vos colères, vos larmes de rage, vos reproches, lorsque Suzanne avait causé ou dansé avec Pierre Moray, ou monsieur de Xaintrailles... enfin, avec un autre que vous !...

ROBERT. — J'étais presque un enfant, je n'avais pas vingt ans !... et je croyais sottement que mademoiselle de Trène m'aimait...

ÈVE. — Alors, pourquoi la tourmenter comme vous le faisiez de questions blessantes ou de soupçons injurieux ?... Moi, voyez-vous, je ne pardonnerais pas un soupçon... je ne le pardonnerais jamais...

ROBERT. — Mais vous, Ève, rien de tel ne peut vous atteindre ?... Ce que j'aime en vous, c'est cette simplicité charmante, cette absence de coquetterie, cette fierté surtout, que vous appelez votre « sauva-

gerie » et qui fait de vous la plus respectée
et la plus adorable des jeunes filles...

ÈVE, *elle rit.* —. Votre affection vous
aveugle !...

ROBERT. — Vous savez bien que non...

ÈVE. — Je suis emportée, cassante, et
je fais quelquefois très involontairement
de la peine à ceux qui s'intéressent à
moi...

ROBERT, *suppliant.* — Eh bien, causez
à ceux-là une grande joie ?... Vous savez
combien ils souhaitent ce mariage que
vous repoussez.. Ayez confiance en moi,
Ève, et mettez sans crainte votre main
dans la mienne... Je vous aime tant, si
vous saviez !...

ÈVE, *émue.* — Attendez !... Ne me demandez pas de répondre encore !... Je
suis hésitante ! inquiète...

ROBERT. — Mais moi, je suis si malheureux de vos hésitations...

ÈVE. — Préférez-vous que je dise *non* tout de suite ?...

ROBERT. — Ève !...

ÈVE. — Eh bien, ne me tourmentez pas trop !... (*Gaiement.*) et dansons !... (*La marquise de Griges entre par le fond.*)

ROBERT. — Dansons ! (*Ils font un tour ou deux, l'orchestre s'arrête, Robert offre le bras à Ève.*) Où faut-il vous conduire ?...

LA MARQUISE. — Ici... je cherchais Ève...

ÈVE. — Tiens ! Grand'mère !... (*A demi-voix à Robert.*) Regardez sa figure !... ça va recommencer !... Croyez-vous que c'est une existence, dites, mon pauvre Robert ?...

ROBERT, *suppliant.* — Eh bien, cédez ?...

ÈVE, *qui le regarde sortir, en elle-même.* — Je ne peux pas me décider !...

pourtant, je l'aime bien !... (*Elle rejoint
sa grand'mère qui s'est assise.*)

ÈVE, *souriante*. — Grand'mère, je vois
que vous êtes animée des plus mauvaises
intentions ?...

LA MARQUISE. — Qu'est-ce que tu ra-
contes ?...

ÈVE, *elle passe derrière le canapé*. —
Méchante Grand'mère !... qui veut à
toutes forces se débarrasser de sa pauvre
petite-fille !...

LA MARQUISE. — Taratata !... Je veux
que ma pauvre petite-fille épouse un
brave garçon qui l'adore et qui fera d'elle
la plus heureuse des femmes...

ÈVE. — J'aime mieux rester la plus
heureuse des jeunes filles !...

LA MARQUISE. — Tu veux dire des
vieilles filles ?...

ÈVE. — Oh !... j'ai vingt ans !...

LA MARQUISE. — La cousine Éléonore aussi avait vingt ans quand elle faisait la difficile !... Aujourd'hui elle en a quarante et elle est chanoinesse !...

ÈVE, *gaiement*. — Eh bien, mais ça n'est pas déjà si mal d'être chanoinesse !...

LA MARQUISE, *bourrue*. — Ah ! parlons-en, c'est du joli !... (*Un temps.*) Ma chère enfant, il faut absolument prendre un parti et dire oui ou non à ce pauvre Robert, qui attend depuis deux ans ta décision avec une patience angélique ?...

ÈVE, *surprise*. — Prendre un parti !... comme ça... tout de suite ?...

LA MARQUISE. — Si j'insiste autant, Ève, si je te parle ici même de choses aussi graves, c'est que j'ai compris, ce soir plus que jamais, que la situation est fausse et ne peut pas se prolonger sans ridicule pour Robert et sans danger pour toi...

ÈVE. — Mais quel danger... quel ridicule ?...

LA MARQUISE. — Robert t'aime et ne s'en cache pas... Il vit, grâce à votre liaison d'enfance, dans une grande intimité avec toi... il ne te quitte pas... Enfin, pour le monde, son attitude est celle d'un fiancé... et il n'est pas ton fiancé...

COLETTE, *elle entre en coup de vent.* — Grand'mère !... Il est venu !... il est là !...

LA MARQUISE. — Ah !... J'étais bien sûre qu'il viendrait !...

ÈVE. — Qui donc ?... Oh !... (*Stupéfaite et joyeuse elle court au-devant de Moray qui entre.*) Que je suis contente de vous voir !... (*Moray passe devant elle sans la voir, elle s'arrête interdite.*)

LA MARQUISE, *à Moray.* — Te voilà, vagabond ?...

MORAY, *il baise la main de la marquise.*

— Oui, puisque vous m'avez appelé ?...

LA MARQUISE. — C'est qu'il paraît que tu étais un peu loin pour entendre ?...

MORAY. — Jamais trop loin quand c'est vous qui appelez, Marraine !...

LA MARQUISE, *souriante*. — Je suis bien, bien heureuse de te voir, mon garçon !... Si nous n'étions pas au bal... je t'embrasserais de bon cœur !...

MORAY. — Et pourquoi ne m'embrasseriez-vous pas au bal ?...

JACQUES, *il rit*. — Et le décorum !... Tu oublies que Grand'mère est pour le décorum !...

LA MARQUISE. — Moquez-vous... moquez-vous bien !... C'est peut-être rococo, le décorum, mais ça a du bon !...

MORAY. — Ça tient lieu de tact à ceux qui n'en ont pas !...

LA MARQUISE, *à Ève qui rit*. — Tu as beau rire, Ève, c'est comme ça !...

MORAY, *il regarde Ève avec étonne-
ment.* — Comment !... C'est Ève ?... (*Il
se reprend vivement.*) Mademoiselle
Ève ?...

ÈVE, *elle lui tend la main.* — Je croyais
que vous ne vouliez pas me reconnaître...

MORAY. — Mais je ne vous reconnais-
saìs pas !... J'ai laissé une enfant, je retrouve une grande jeune fille !...

ÈVE. — C'est qu'il y a cinq ans que
vous ne m'avez vue !...

JACQUES. — Comment, cinq ans ?...
Mais, malgré ses voyages, Pierre est venu
tous les ans ouvrir la chasse avec nous ?...

ÈVE. — Je n'étais pas là, moi !... J'ai
toujours passé chez mon oncle et ma
tante de Griges le temps des vacances de
Loulou!...

MORAY. — En effet... je ne voyais jamais mademoiselle Ève...

LA MARQUISE. — Mademoiselle Ève ?...

Tu appelles Ève, Mademoiselle ?.. Est-ce
que, sans vous être vus, vous vous êtes
fâchés ?...

ÈVE. — C'est ma haute taille qui inti-
mide Monsieur Moray... (*Elle rit.*)

LA MARQUISE, *stupéfaite*. — Comment,
toi aussi, Ève, tu appelles Pierre : Monsieur ?... Toi, qui n'es pas comme moi
pour le décorum ?...

ÈVE, *un peu embarrassée*. — Mais...

MORAY. — Loulou est devenue aussi une
grande personne !.. je viens de l'aperce-
voir qui danse avec Xaintrailles...

COLETTE. — Il est vraiment bien gentil
ce soir, ce pauvre Xaintrailles !... Il fait
danser les petites filles... et pour un monsieur aussi lancé que lui...

LA MARQUISE. — J'en suis stupéfaite,
moi !... Tout à l'heure il traînait un de
ces paquets !... (*A Colette.*) Tu sais, une
des amies de couvent de Loulou... et il fai-

sait l'aimable, l'empressé !... C'est à n'y
pas croire !...

JACQUES, *il rit*. — Ah bah !... (*En lui-
même.*) Une des héritières... il ne perd
pas de temps !...

LA MARQUISE, *à Jacques*. — Ça te fait
rire aussi, toi ?... Autrefois, un jeune
homme bien élevé n'eût jamais laissé une
danseuse faire tapisserie... Aujourd'hui,
vous choisissez...

JACQUES. — Dame, Grand'mère !...

LA MARQUISE. — Et quand vous ne trouvez pas ce qui vous convient, vous vous
tassez dans les portes, en regardant se
morfondre sur leurs chaises de pauvres
filles qui ne demanderaient qu'à danser...

JACQUES, *il rit*. — Xaintrailles est
l'ange du dévouement, Grand-mère !...
(*Le Duc et la Duchesse entrent. Mouvement de Moray.*)

LE DUC, *à sa femme*. — Vous voyez que

je ne vous trompais pas?.... (*Aux autres.*)
Ma femme ne voulait absolument pas
croire que Moray fût là... (*Il serre la
main de Moray.*)

LA DUCHESSE. — Je croyais monsieur
Moray à Florence... comme tous les ans à
cette époque...

MORAY, *il s'incline froidement.* — Je
n'avais aucun motif pour y aller cette
année, Madame...

COLETTE, *en elle-même, les regardant.*
— Qu'est-ce qu'ils ont ?... (*Loulou entre
avec Xaintrailles. Elle parle à Juvisy, qui
la suit.*)

JUVISY. — Je suis désespéré, Mademoiselle !...

LOULOU. — Du tout, du tout, Monsieur !... on ne peut pas toujours être
responsable de ses pieds !... (*Elle toise
les pieds de Juvisy qui sont énormes.*)
Vous surtout !...

JUVISY. — Mais, Mademoiselle...

LOULOU. — Seulement, vous avez tort
de mettre des clous à vos souliers...
Généralement, pour aller au bal, on
ne...

JUVISY, *piteusement*. — Je n'ai pas de
clous, Mademoiselle !...

LOULOU. — Croyez-vous ?... Alors,
c'est naturel !... (*Elle rit. Juvisy s'éloigne
anéanti.*)

XAINTRAILLES. — Que vous a-t-il donc
fait, ce pauvre Juvisy ?...

LOULOU. — Il m'a marché sur le pied...
Oh ! mais, pas un peu, à l'écraser ! (*Elle
avance son pied.*) Tenez !... regardez, il
a fait un trou à mon bas... le voyez-vous,
le trou ?... (*Elle lève son pied à une hau-
teur extraordinaire pour mieux montrer
le trou à Xaintrailles.*)

XAINTRAILLES. — Oui !... oui, Mademoiselle, je le vois !... (*Colette aperçoit le*

*mouvement de Loulou et lui fait signe de
baisser son pied.)*

LA MARQUISE, *elle tousse aussi pour
l'avertir.* — Hum !... hum !...

LOULOU, *baissant brusquement son
pied.* — Ah ! mon Dieu !... Ma sœur et
grand'mère qui m'ont vue lever le
pied !... Elles vont encore dire que je n'ai
pas de bonnes manières !... Grand'mère
me roule un œil !... Dieu ! quel œil !...
(Elle regarde son pied.) Il grandit, le
trou... et la maille file... Regardez comme
elle file... tout le long de la jambe !...
Dites donc, si je l'ôtais mon bas ?...

XAINTRAILLES, *vivement.* — Non !...
non !... ne faites pas ça !... Ça ne se fait
pas !...

LOULOU. — Vous avez peut-être raison !... Vous êtes raisonnable, vous ?...
(Le regardant.) Quel âge avez-vous, Monsieur ?...

XAINTRAILLES, *interloqué.* — Mademoiselle, j'ai trente-quatre ans...

LOULOU. — C'est amusant, hein, un
bal ?... Je vous demande pardon... j'ai
encore dit hein !... Ça m'échappe tout le
temps, et Maman dit que c'est très mal-
honnête !...

XAINTRAILLES. — Ne vous préoccupez
pas de ça pour moi, Mademoiselle...

LOULOU. — C'est vrai !... Vous avez
l'air d'un bon garçon, vous !... Moi
aussi, du reste !... (*Ils continuent à
causer.*)

JACQUES, *à la Duchesse.* — Pourquoi
ne voulez-vous pas m'accorder le cotillon ?... (*Bas.*) Je vous en prie, ne me
tourmentez pas à plaisir... Je souffre
quand je vous vois danser avec d'autres ?...

LA DUCHESSE. — Mais je suis déjà invitée... j'en suis sûre !... (*A Moray.*) Mon-

sieur Moray, n'est-ce pas à vous que j'ai promis le cotillon ?...

MORAY, *il s'incline.* — Non, Madame!... (*Mouvement de contrariété de la Duchesse.*)

JACQUES, *joyeux.* — Ah ! vous voyez !... Vous n'avez plus d'excuse !... (*La duchesse s'éloigne sans répondre. Jacques reste piqué à la même place, l'air consterné.*)

COLETTE, *à demi-voix, à Jacques.* — Toi, mon bonhomme, prends garde !... Tu es en train de t'emballer... et tu as tort... Elle se moque de toi !...

JACQUES, *vexé.* — Mais...

COLETTE. — Ou elle s'en moquera !...

JACQUES. — Eh !... elle ne fait même pas attention à moi !... Elle plane au-dessus de...

COLETTE, *haussant les épaules.* — Laisse-moi donc tranquille !... (*Elle re-*

garde Jacques, qui a presque les larmes
aux yeux.) Oh ! oh !... c'est si sérieux que
ça ?...

LOULOU, *à Xaintrailles.* — Vous me
trouvez mal élevée ?...

XAINTRAILLES, *riant.* — Mais non, Mademoiselle !... Vous êtes... originale...

LOULOU. — Si, si, je sais bien !... je
suis mal élevée !... Qu'est-ce que vous
voulez, j'ai beau faire, je ne peux pas me
changer !...

XAINTRAILLES. — Tant mieux... ce serait dommage !...

LOULOU. — Savez-vous comment les
officiers de Papa m'appellent ?... « Le
moineau ! » Ils prétendent que je suis
effrontée et gourmande comme cet oi-
seau-là !...

XAINTRAILLES, *poli.* — Oh ! Mademoiselle !...

LOULOU. — Eh bien, c'est possible tout

ça !... Je ne dis pas non !... Mais je ne suis ni fausse, ni menteuse comme eux !... C'est vrai, ça !.. Si vous les voyiez avec Papa ?... « Mon Général, je suis à vos ordres !... Comment donc, avec plaisir, mon Général !... » Et des saluts !... et des grimaces !... des vraies punaises !... Et puis, quand P'pa a le dos tourné, ils battent des entrechats en l'appelant : vieille panoplie !... C'est vrai qu'il n'est pas tous les jours amusant pour les officiers, P'pa !... mais enfin, c'est pas une raison !...

LA MARQUISE, à *Colette*. — Regarde donc Loulou ?... elle jacasse, elle jacasse !... Qu'est-ce qu'elle peut bien raconter à Xaintrailles, elle n'arrête pas !...

COLETTE, *inquiète*. — Oui... je vois... et il rit !...

LA MARQUISE. — Elle est gentille et bonne, cette petite, mais elle a un aplomb

renversant !... Et moi qui rêvais mes petites-filles timides et correctes !...

COLETTE, *gouailleuse*. — Comme Suzanne ?...

LA MARQUISE. — Oui, comme Su-
zanne!... Et je ne pouvais pas mieux choisir, car la femme a tenu ce que promettait
la jeune fille !...

COLETTE, *elle regarde la duchesse qui
cause à voix basse avec Moray*. — Oui...
tout ce qu'elle promettait... et même
mieux !...

ÈVE, *pensive, à part*. — Grand'mère a
raison !... Il faut que je me décide !...

LA MARQUISE, *à Ève*. — Tu as l'air toute
songeuse, mon petit ?... Qu'est-ce que tu
as ?...

ÈVE. — Une grande nouvelle à vous
apprendre !...

COLETTE, *vivement*. — Elle consent !...

ÈVE. — Ah !... pas encore !... Mais

grand'mère m'a dit de prendre un parti
définitif...

LA MARQUISE. — Eh bien ?...

ÈVE. — Eh bien, je dirai oui... ou
non... avant la fin du bal...

LA MARQUISE. — Ce sera oui, n'est-ce
pas ?...

ÈVE *souriant.* — Ça ! je n'en sais rien
encore !... (*Avec un sérieux comique.*)
Grand'mère, Jacques et Colette, je m'en-
gage à vous faire connaître ma décision
tout à l'heure...

JACQUES. — Enfin !... ce ne sera pas
trop tôt !...

ÈVE. — Je n'irai pas vous dire à chacun
à l'oreille : « J'épouse Robert », ou « je
ne l'épouse pas ! » Si je danse le cotillon
avec lui, ce sera oui... si je le danse avec
un autre, ce sera non... Est-ce convenu ?...

LA MARQUISE. — En voilà une façon

de traiter les choses les plus graves!...

ÈVE, *elle montre Robert qui entre.* — Robert me cherche, je lui ai promis cette danse... Ne l'avertissez de rien !... (*Elle s'éloigne au bras de Robert.*)

XAINTRAILLES, *à Loulou.* — Pardon, Mademoiselle, il faut que j'aille chercher ma danseuse !...

LOULOU. — Je vais avec vous !... Où est-elle votre danseuse ?...

XAINTRAILLES, *il désigne quelqu'un dans le salon à côté.* — Ici... cette jeune fille en rose crevette...

LOULOU, *surprise.* — Encore !... Vous l'avez déjà fait danser deux fois !...

XAINTRAILLES, *embarrassé.* — Oh ! croyez-vous, Mademoiselle ?... Je n'ai pas compté !...

LOULOU. — Ce qu'elle doit être contente !... (*A part.*) et étonnée !... Car, vrai !... c'est une drôle d'idée !... (*Elle

*sort avec Xaintrailles. — Jacques et la
duchesse sortent aussi en dansant.)*

COLETTE, *à la marquise.* — Voulez-
vous vous promener un peu, Grand'-
mère ?...

LA MARQUISE. — Non, je reste ici...
j'ai à causer avec Pierre !...

COLETTE. — Alors, je vous laisse...

LA MARQUISE. — Allons, viens t'asseoir là, monsieur mon filleul, et cau-
sons sérieusement... si toutefois c'est
possible ?...

MORAY, *il vient s'asseoir près de la marquise en faisant une moue comique.* —
Oh ! sérieusement !... Déjà !...

LA MARQUISE. — Oui, grand fou ! si tu
le veux bien !...

MORAY. — Moi !... je veux tout ce que
vous voulez !... vous savez bien que je
vous obéis toujours !... (*Sérieux.*) Vous

avez été si bonne pour moi, Marraine,
c'est à vous que je dois cette gaieté que
vous me reprochez... c'est à vous que je
dois, en somme, le peu de bon qui est en
moi... Aussi je vous aime bien, allez !...
Oh ! mais là, bien !

LA MARQUISE. — Moi aussi, je t'aime
bien... malgré tous tes défauts... Là...
à présent, m'écoutes-tu ?...

MORAY. — Je vous écoute !

LA MARQUISE. — Tu comprends, n'est-
ce pas, que je ne t'ai pas fait venir uniquement pour te voir !... je veux te marier !...

MORAY. — Encore !... Voyons, qu'est-
ce que je vous ai fait ?... Je ne veux pas
me marier à présent !... Plus tard... si
mes idées changent, nous verrons ça !...

LA MARQUISE, *bourrue.* — Plus tard?...
mais regarde-toi donc dans la glace, mon
garçon !...

MORAY, *riant*. — Mon Dieu, Marraine, je n'ai pas la prétention de ressembler à une fleur... Mais, grâce au ciel, tout le monde n'a pas l'œil aussi pointu que vous... J'ai bon pied, bon œil... Je vais, je viens, j'aime à ma guise...

LA MARQUISE, *distraite*. — Eh bien, rien ne t'empêcherait de continuer...

MORAY. — Comment, rien ne m'empêcherait de... Dites donc, Marraine, je ne suis pas bégueule, mais je trouve que vous avez la manche plutôt large...

LA MARQUISE. — Ne fais pas l'imbécile !... Tu as très bien compris que je voulais dire qu'une jeune fille aussi jeune prendrait facilement tes goûts... qu'elle irait et viendrait avec toi...

MORAY. — Alors, ça ne m'amuserait plus du tout d'aller et venir...

LA MARQUISE. — Crois-tu que ça t'amusera davantage de te trouver seul un beau jour, malade peut-être, fatigué sûrement, triste, écœuré...

MORAY. — Eh bien, mais, c'est précisément si je dois être tout cela qu'il me semble préférable d'être seul... Car enfin, elle ne m'a fait aucun mal, cette jeune fille que j'ignore... et je ne vois pas trop pourquoi je lui en ferais...

LA MARQUISE. — Tu n'es pas sérieux... En attendant, ce bijou de petite femme qui est là m'échappera !... Crois-tu pas qu'on va te la réserver ?...

MORAY. — On aurait bien tort !...

LA MARQUISE. — Écoute... Consens à la faire danser !...

MORAY. — Jamais !...

LA MARQUISE. — Laisse-moi au moins te présenter ?...

MORAY. — Non Marraine... non !...

LA MARQUISE. — Enfin, pourquoi ne veux-tu pas même la voir ?

MORAY. — Pourquoi ?... (*Il cherche.*) Parce que ça pourrait m'influencer... Voilà !... Vous n'êtes pas fâchée, Marraine ? (*Il lui baise la main.*)

LA MARQUISE, *elle le repousse.* — Si, laisse-moi !... Les enfants d'aujourd'hui sont tous les mêmes !... hésitants... insupportables, opposés au mariage...

MORAY. — Tous les mêmes ?... (*Riant.*) Quel est donc l'autre enfant récalcitrant que vous voulez marier ?...

LA MARQUISE. — Ève, parbleu !

MORAY. — Et elle ne veut pas !... A la bonne heure !... Elle a bien raison !... (*Il rit.*)

LA MARQUISE. — Tu vas me faire le plaisir de ne pas lui dire ça, toi ?...

MORAY. — Bien entendu...

LA MARQUISE. — Elle est capable de te consulter ?... Elle t'aime beaucoup !... Conseille-lui d'accepter...

MORAY. — D'accepter... qui ?... Car au moins faut-il que je sache...

LA MARQUISE. — Robert de Gueldre !...

MORAY, *sérieux*. — Robert !... Alors mon conseil sera sincère ! (*Il reprend son ton enjoué.*) d'autant plus que, pour les autres, je n'ai pas horreur du mariage, moi !...

LA MARQUISE. — Figure-toi que ce pauvre garçon attend depuis deux ans qu'Ève se décide... Il l'adore !...

MORAY. — Ça ne m'étonne pas !... Savez-vous qu'elle est devenue éblouissante, votre petite-fille ?...

LA MARQUISE. — Elle est belle, n'est-ce pas ?... Et elle a un cœur d'or !... Mais un diable de caractère...

MORAY. — Comme son père ?...

LA MARQUISE. — Oui !... Une droiture et une honnêteté extrêmes, mais une ardeur, un sans-souci du qu'en-dira-t-on, qui me désole !... Je voudrais la voir plus mondaine, dans la bonne acception du mot...

MORAY. — Et vous voudriez surtout la voir mariée ?... (*Riant.*) Chère Marraine !... le mariage, c'est votre petite manie !...

LA MARQUISE. — Et tu ne la flattes guère, ma manie !... (*Elle se lève.*) Allons !... viens !... (*Elle lui prend le bras.*) Je veux au moins te montrer... Oh ! de loin, sois tranquille, la jolie petite femme que je te destinais... Je veux que tu aies des regrets !...

MORAY. — Des regrets !... J'en ai !... d'avoir quitté Rome en recevant votre dépêche !... Je chassais là-bas avec des femmes charmantes qui me trouvaient très bien... sans penser au mariage, je vous assure !... Une autre fois, Marraine, quand vous m'enverrez une dépêche aussi

pressante, qu'elle soit « motivée », dites,
voulez-vous ?... (*Ils entrent dans l'autre
salon.*)

XAINTRAILLES, *il arrive par le fond.* —
Je crois que je plais à la famille Dumont !... De ce côté-là, ça va bien !...
Mais c'est la duchesse !... Ah ! si elle voulait m'aimer... ou faire semblant !... Ce
qui me gêne, c'est que je suis amoureux
d'elle pour de vrai !... Ça paralyse mes
effets !... Je la regarde, et puis va te faire
fiche !... je ne sais plus ce que je dis !...
Et Moray qui est revenu !... ça va encore
compliquer...

M. D'ALVÉOL, *il entre avec Jean de Brizieux, Juvisy et Louville.* — Où diable
ai-je fourré mon claque ?... Je ne peux
pas m'en aller sans lui !...

JEAN DE BRIZIEUX, *d'un air navré.* —
Moi, j'ai le mien, et je ne peux pas m'en

aller non plus !.. Et ce que je m'embête
pourtant !... Dieu seul le sait !...

JUVISY. — Qu'est-ce qui vous force à
rester ?...

JEAN. — Maman, parbleu !... et ma
sœur !... Il faut que je sois là pour les
mettre en voiture... Oh ! les bals
blancs !...

M. D'ALVÉOL. — Ah ! ne dites pas de
mal des bals blancs !... C'est jeune, frais,
naïf !... ça repose des autres !...

JEAN, toisant M. d'Alvéol. — Mais tout
le monde n'a pas besoin de repos !...

JUVISY. — Moray revient à temps !...
car il me semble que Griges serre de
près la Duchesse ?...

XAINTRAILLES, s'approchant. — Jacques ?... (A part.) Encore une complica-
tion !...

LOUVILLE. — Je croyais que la Duchesse et Moray étaient brouillés ?...

XAINTRAILLES. — Brouillés ?... Oui ! comme des œufs !...

JEAN. — Comment ?... Est-ce que la duchesse est... légère ?...

M. D'ALVÉOL. — Plutôt !...

JEAN, *étonné*. — Oh ! avec ces allures austères !... C'est très chic !... Mais quand donc a-t-elle...

JUVISY. — A ses moments perdus...

COLETTE, *qui entre avec la Chanoinesse*. — C'est ça !... Ne vous gênez pas !... Et on dit que les femmes sont méchantes !...

LOUVILLE. — Oh ! nous parlons de faits... historiques !...

COLETTE. — Oui ?... Eh bien, allez dire ça à grand'mère, elle vous recevra bien !...

JUVISY, *regardant la glace sans tain*. — Et pendant ce temps-là, Jurieu dort debout, le pauvre homme !...

XAINTRAILLES. — Ça, c'est sa faute !...
Il pourrait s'asseoir !...

COLETTE. — Tournez-le bien en ridicule, c'est très généreux !...

XAINTRAILLES. — Mais je ne pose pas
pour la générosité, moi !...

COLETTE, *riant*. — Moi non plus !...
C'est ma nature !... Et puis, j'aime beaucoup ce pauvre Jurieu !...

XAINTRAILLES. — Moi, je préfère sa
femme !...

COLETTE, *riant*. — Vous, je comprends
ça !... Moi, je ne l'aime pas !... Elle est
sèche, égoïste, souvent mauvaise...

LA CHANOINESSE. — Et pourtant elle est
bonne pour ses amis !... Ainsi, il y a deux
mois, quand on croyait que madame de
Breuil allait mourir de la petite vérole,
elle était dans un état !...

COLETTE. — Parce que c'était dans sa
rue !... Ça l'impressionnait !... Mais si

madame de Breuil avait été marquée, ça
lui aurait fait un rude plaisir, allez !...
(*Elle s'éloigne suivie de Jean, de Louville,
de Xaintrailles et de Juvisy.*)

M. D'ALVÉOL, *à part, regardant la chanoinesse.* — Si la Chanoinesse veut me
donner le cotillon... je reste, moi !... (*A
la chanoinesse.*) Me ferez-vous la grâce de
m'accorder le cotillon ?...

LA CHANOINESSE. — Je l'ai promis...

M. D'ALVÉOL, *à demi-voix.* — Alors, je
ne le danserai pas !... A mon âge, voyez-
vous, on sait choisir !... On ne ramasse
pas les plus gros bouquets, on ne cueille
que les fleurs rares !... Ces fleurs, on les
découvre où elles se cachent... et plus
elles sont fraîches et pures, plus on
s'enivre facilement de leur parfum péné-
trant et subtil... (*Il offre son bras à la
Chanoinesse, ils sortent par la baie de
droite, à l'instant où* LOULOU, GILBERTE

et SIMONE *entrent par celle de gauche.)*

LOULOU, *elle rit en regardant la Chanoinesse et M. d'Alvéol.* — Oh ! la cousine Éléonore et le vieux Monsieur d'Alvéol qui a l'air de luï raconter des dou-
ceurs !... C'est d'un cocasse !...

GILBERTE, *elle déclame.*

Et ces deux grands débris se consolaient entre
[eux !...

LOULOU, *qui se bouche les oreilles.* —
Oh !... pas de science !... Grâce !...

GILBERTE, *riant.* — Comment... pas de
science ?... mais c'est un vers très connu
de...

LOULOU. — Eh ! quand même il serait
de Victor Hugo, c'est toujours un vers !...
Cette pauvre cousine Éléonore !... Elle
touche à sa fin !... Personne ne s'occupe
plus d'elle !...

SIMONE. — Eh bien ! et Monsieur d'Alvéol... et le petit de Lasting, qui ne la quittent pas...

LOULOU. — Ben, c'est personne, ça !... (*A Simone.*) Dis donc !... Comment trouves-tu Monsieur d'Abélar ?...

SIMONE. — Moi ?... Mais... je ne le trouve pas !... Pourquoi ?...

LOULOU. — Parce que, l'autre jour, Colette et ta mère causaient... Moi, j'étudiais mon piano dans le petit salon... elles ne se méfiaient pas... Et Colette disait : « Je vous assure que Monsieur d'Abélar ferait très bien l'affaire de Simone... il meurt d'envie d'être agréé... Vous n'avez qu'un mot à dire... »

SIMONE. — Ah !... Et qu'est-ce que maman répondait ?...

LOULOU. — « Mon mari ne veut pas entendre parler, à cause de ce malheureux nom... Vous comprenez ?... Il a beau ne

pas le mériter, c'est ridicule tout de
même !... » Dis donc, Gilberte, toi qui es
savante, sais-tu ce que c'est, Abélar ?...

GILBERTE. — Abélard (Pierre), moine,
théologien et philosophe (1079-1142)...

LOULOU. — Oui... Il y a ça !... mais il
y a certainement une autre significa-
tion... Et celle-là elle doit être... Oh !...

SIMONE. — Mais pourquoi ?...

LOULOU, *confidentiellement.* — Ça
n'est même pas dans le dictionnaire !...
Oui !... J'ai cherché et je n'ai trouvé que
le moine que Gilberte connaît !... (*Gilberte rit.*) Je demanderai à Colette !... (*A
Simone.*) C'est égal !... Je suis bien aise
que ton père ne veuille pas de monsieur
d'Abélar à cause de son nom !... Moi,
c'est à cause de ses jambes, que je n'en
voudrais pas !... Des petites jambes
grêles, ridicules...

GILBERTE, *riant*. — Tu l'arranges bien,
l'amoureux de Simone !... Il est vrai qu'il
n'est pas joli, joli !...

LOULOU. — Non !... mais il est jeune,
au moins !... tandis que le tien est
vieux !...

GILBERTE, *étonnée*. — Le mien ?...

LOULOU. — Oui, le tien !... Monsieur
de Blinville, qui est amoureux de toi !...
Chaque fois qu'il vient à la maison, il ne
parle que de ça !... Ah ! il t'épouserait
bien, va !

GILBERTE. — Mais moi aussi, je l'épou-
serais bien !...

LOULOU, *ahurie*. — Oh !... ne dis donc
pas des choses pareilles !... Mais il a l'air
d'un vieux mannequin !...

GILBERTE. — Il est si riche !...

LOULOU. — Et si bête !...

GILBERTE. — Bête ?... Il est de l'Aca-
démie !...

LOULOU. — Ben ! qu'est-ce que ça prouve ?...

GILBERTE. — Enfin, c'est une distinction qui...

LOULOU. — Parce qu'il n'y en a que quarante, que c'est une distinction !... sans ça !... Tiens ! voilà Ève qui s'est embrouillée dans ses danseurs !... (*Elle montre Ève qui entre suivie de Xaintrailles, de Juvisy, de Louville et du duc.*)

JUVISY, *à Ève.* — Mademoiselle, je vous assure que c'est ma danse...

LOUVILLE. — C'est la mienne !...

XAINTRAILLES. — Par exemple !... (*A Louville.*) Si tu crois que je te laisserai me voler, toi !...

ÈVE. — Monsieur de Xaintrailles, vous avez un aplomb !... (*Elle rit.*)

XAINTRAILLES, *naïf.* — Moi, Mademoiselle ?...

ÈVE. — Vous ne m'avez pas invitée ?...

XAINTRAILLES. — Oh !... Mademoiselle !... Vous l'avez oublié, c'est tout naturel !... Je me retire modestement... (*En
lui-même.*) C'est vrai, je ne l'ai pas invitée !... Je ne suis pas ici pour m'amuser,
moi !...Mais quand j'ai vu qu'il y avait
une erreur, j'en ai profité pour faire une
politesse... Voilà tout !...

LE DUC, *à Ève.* — Voyons, Mademoiselle, rappelez vos souvenirs ?... C'est à
moi que vous avez promis la septième
danse... Or, voici la septième danse et...

ÈVE. — Je vous demande pardon à tous
les trois...

XAINTRAILLES. — A tous les quatre...

ÈVE. — Non !... Vous n'en êtes pas,
vous !... (*Reprenant.*) Je me suis embrouillée, je le reconnais...

JUVISY. — Alors, tirons au sort !...

ÈVE. — Non !... je ne danserai pas cette
fois... (*Au duc, désignant la chanoi-*

nesse qui entre.) Tenez, invitez donc à ma place la cousine Éléonore, elle danse à ravir !... *(Elle s'assoit sur le divan.)*

LE DUC. — Ah ! mais non !... C'est pas la même chose, votre cousine Éléonore!... Sans compter que je viens déjà de faire quinze lieues avec elle en tête à tête !... Nous n'avons plus rien à nous dire !...

ÈVE, *étonnée.* — Comment !... Je croyais que c'était Jacques qui l'avait amenée ?...

LE DUC. — On a changé en route... ma femme a eu peur du second chauffeur...

ÈVE. — Peur du second chauffeur... Votre femme ?... Hier encore nous sommes allées à Versailles avec lui...

LE DUC, *surpris.* — Vous m'étonnez !...

ÈVE, *apercevant la Duchesse qui traverse la scène au bras de Jacques et cherchant à se rattraper.* — Après ça... je me trompe peut-être...

LE DUC. — Oui, vous devez vous tromper... car votre frère m'a dit, au contraire, qu'elle avait déjà eu peur hier...

ÈVE, *sérieuse.* — Ah !... C'est Jacques qui...

LA CHANOINESSE, *elle vient s'asseoir à côté d'Ève.* — Ouf !... je viens de danser avec un petit jeune homme qui m'a secouée !... Ah ! mais là !... comme un prunier !...

ÈVE. — Aussi, Cousine, pourquoi dansez-vous avec un petit jeune homme ?... (*Elle rit.*)

LA CHANOINESSE. — Parce qu'il m'a invitée !...

LOULOU, *à Colette.* — Sœur !... Dis-moi ?... Qu'est-ce que c'est qu'Abélard ?...

COLETTE. — Abélard ?... Laisse-moi tranquille, tu m'ennuies !... (*L'orchestre joue.*)

LOUVILLE, *s'approchant de Gilberte.*
— Mademoiselle... (*Ils partent en dansant.*)

XAINTRAILLES, *même mouvement.* —
Mademoiselle !... (*Les voyant partir.*)
Allons ! Bon !... J'allais justement l'inviter !... je vais me rabattre sur la petite Loulou!... (*Il se dirige vers Loulou.*)

LOULOU, *à la chanoinesse.* — Cousine !... qu'est-ce que c'est qu'Abélard ?...

LA CHANOINESSE, *interloquée.* — Mais...
c'est... c'était un homme !...

LOULOU. — Un homme comment ?...

LA CHANOINESSE. — Un homme... malheureux... Pourquoi ?...

LOULOU. — Pour rien ! (*En elle-même.*)
C'en est peut-être un autre !... (*Haut.*)
Était-il philosophe, le vôtre ?...

LA CHANOINESSE. — Je l'espère pour
lui !...

JUVISY, *à Simone.* — Me donnez-vous cette danse, Mademoiselle ?...

SIMONE. — Oui, monsieur...

XAINTRAILLES, *à Loulou qui cause avec la chanoinesse et le duc.* — Mademoiselle... voulez-vous me faire l'honneur de m'accorder cette danse ?...

LOULOU, *d'un air navré.* — Je viens de la promettre à monsieur de Jurieu !... (*Bas.*) c'est-il rageant, hein ?... (*Haut.*) Invitez donc la Cousine Éléonore ?... Elle dit qu'elle meurt d'envie de faire un tour avec un bon danseur... et vous dansez... (*Elle fait claquer ses lèvres sur le bout de ses doigts et s'éloigne au bras du duc.*)

COLETTE, *ahurie.* — Voilà Loulou qui envoie des baisers à Xaintrailles, à cette heure !...

XAINTRAILLES, *en lui-même.* — De quoi se mêle-t-elle, cette petite furet ?... Elle ne pouvait pas refuser tout bonnement, sans me flanquer la Chanoinesse sur les bras !... (*Haut, à la chanoinesse.*) Suis-je assez heureux pour...

LA CHANOINESSE, *minaudant légèrement.* — Je suis si fatiguée !...

XAINTRAILLES, *à part.* — Et elle se fait prier !... c'est complet !... Ce que je vais la lâcher, par exemple !... (*Il và pour faire demi-tour.*)

LA CHANOINESSE, *se levant.* — Allons !... puisque vous le voulez ?...

XAINTRAILLES, *à part, levant les yeux au ciel.* — C'est moi qui le veux !... (*Il la regarde.*) Après tout, elle est encore charmante, la Chanoinesse !... (*Avec regret.*) et si j'avais le temps !... (*La Chanoinesse s'appuie tendrement contre lui, ils sortent en dansant.*)

COLETTE, *à Ève.* — Je vais voir si rien ne manque aux accessoires du cotillon...

Viens-tu avec moi ?... Non !... Tu as tes papillons noirs ?... Encore !... Quand donc s'envoleront-ils pour ne plus revenir ?...

ÈVE, *assise sur le divan, en elle-même.* — Ai-je des papillons noirs ?... Non... Je ne sais pas ce que j'ai ?...

MORAY, *il entre par une des baies du fond.* — Comment !... vous êtes là !... toute seule !...

ÈVE, *gaiement.* — Mon Dieu, oui !... toute seule !...

MORAY. — Vous me permettez de vous tenir compagnie ?... (*Il s'asseoit.*)

ÈVE. — Je vous le permets !... Savez-vous que je suis très contente de vous revoir ?...

MORAY, *il la regarde avec admiration.* — Moi aussi !... Mais vous m'intimidez...

Vous êtes devenue si belle, si imposante !...

ÈVE. — Vous aussi, vous êtes devenu imposant...

MORAY. — C'est-à-dire que j'ai vieilli !... (*Mouvement d'Ève.*) Si... si... mes cheveux sont tout blancs...

ÈVE. — Ça vous va très bien !... Et puis, ça vous donne un petit air grave que je ne vous connaissais pas...

MORAY. — L'air grave, moi ?... Et vous, êtes-vous toujours...

ÈVE, *interrompant.* — Un sauvage ?... toujours !... Grand'mère dit que, si je ne « réforme pas ma nature ! », je ne « réussirai jamais dans le monde ! » C'est sa phrase, à Grand'mère !...

MORAY. — Et vous répondez ?...

ÈVE. — Je ne réponds pas, et je ne réforme rien !... Songez donc, je n'ai pas été élevée comme les autres jeunes

filles ! Maman est morte quand j'étais
toute petite... J'ai passé mon enfance
entre papa et des oncles qui m'ont
laissé faire tout ce que j'ai voulu et qui
m'ont appris à me montrer telle que je
suis...

MORAY. — C'est un fameux service
qu'ils vous ont rendu là...

ÈVE. — Je ne sais pas trop !...

MORAY. — Aimez-vous toujours autant
la campagne ?...

ÈVE. — Toujours !... J'aime tout d'ailleurs !... le soleil, les champs, l'exercice,
le plaisir, la vie enfin !... Je suis *moi*,
voyez-vous avec mes qualités et mes défauts... surtout mes défauts !... Mais il me
semble qu'en supprimer un seul, ce serait voler Dieu qui me les a donnés !... Et
vous ?... Racontez-moi votre caractère, le
vrai ?...

MORAY. — Moi, je suis insupportable,

égoïste... Je ne veux pas qu'on rie quand
je suis de mauvaise humeur, ni qu'on soit
triste quand je suis gai... Je suis jaloux
quand j'aime, odieux quand je suis malade, et terrible quand j'ai mal dormi !...
(*Il rit.*) A présent, que vous me connaissez bien, parlez-moi de vous... Aimez-
vous le monde ?...

ÈVE. — Le monde, je l'aime beaucoup... pendant trois mois !... C'est bizarre ! mais les gens que je rencontre
dans le monde me paraissent toujours
bien plus agréables quand je les retrouve
que quand je les quitte... ce qui me fait
penser qu'en ne les quittant jamais, je fi-
nirais par ne plus les trouver agréables
du tout...

MORAY. — C'est effrayant, ça !... car
enfin, si, comme c'est probable, vous
appliquez plus tard cette clairvoyance
inquiétante à votre mari, vous...

ÈVE. — Mon mari !... Nous y voilà !... Grand'mère vous a chargé de me parler de mon mariage, n'est-ce pas ?...

MORAY. — Madame de Griges m'a prié de vous donner mon avis... si vous me le demandiez...

ÈVE, *un peu nerveuse.* — Eh bien, je vous le demande ?...

MORAY, *très sérieux.* — Robert est un garçon honnête et bon qui vous adore et vous ne pouvez, selon moi, faire un meilleur choix... Vous connaissez Robert, vous savez ce qu'il vaut et à quel point il vous aime...

ÈVE. — Alors, si c'était vous ?...

MORAY. — Oh ! ne parlons pas de moi !...

ÈVE, *surprise.* — Pourquoi ?... Vous ne feriez pas ce mariage ?...

MORAY. — Ni celui-là, ni un autre !... Je suis rebelle au mariage, moi !... De-

mandez plutôt à votre Grand'mère, qui
m'a fait venir ici ce soir pour me marier ?...

ÈVE, *étonnée.* — Vous marier !... A
qui ?...

MORAY. — A une ravissante jeune
fille... (*Mouvement d'Ève.*) Mademoiselle
de Livry, je crois ?...

ÈVE, — Simone !... Ah !... Et vous ne
voulez pas ?...

MORAY. — Et je ne veux pas !...

ÈVE. — Vous ne vous marierez jamais ?...

MORAY. — Jamais !... (*Il rit.*) ou dans
très longtemps !... (*A part.*) quand je ne
serai plus bon qu'à ça !...

ÈVE, *elle le regarde attentivement.* —
Alors, vous me conseillez d'épouser Robert ?...

MORAY. — Oui, vous serez un charmant
petit ménage, et, comme dans les contes

de fées, vous vivrez longtemps et vous
aurez beaucoup d'enfants...

ÈVE. — Vivre longtemps, ça m'est
égal !... Beaucoup d'enfants, je le veux...

MORAY, *étonné.* — Vraiment ?...

ÈVE. — Vous trouvez ça bête ?...

MORAY. — Du tout !... je trouve ça...
rare...

ÈVE. — Je sais bien, c'est passé de
mode, les nombreuses familles !... Mais
j'aime ça !... Je ne suis pas comme tout
le monde, moi !...

MORAY. — Ah ! sapristi, non !...

ÈVE. — Je vous scandalise ?... Une
jeune fille ne devrait peut-être pas parler
ainsi à cœur ouvert ?... Mais je suis
franche, beaucoup trop franche... Je
suis plus à mon aise avec un homme que
j'aime et que je connais depuis longtemps, qu'avec une femme que je connais peu et que je n'aime pas... Cepen-

dant, les convenances qui me permettent
de tout dire à celle-ci me défendent de
rien dire à celui-là !... Et, figurez-vous,
à part Simone de Livry et Gilberte, je
n'ai pas d'amies !... Les jeunes filles
n'ont pas l'air d'aimer à être avec moi...
je ne sais pas pourquoi...

MORAY, *en lui-même, regardant Ève.*
— Je le sais bien, moi, le voisinage les
gêne !...

ÈVE. — Qu'est-ce que vous dites ?...

MORAY. — Rien... Dites-moi ?... Je
vous croyais très liée avec madame de
Jurien ?...

ÈVE, *froidement.* — Non... Vous la
connaissez ?...

MORAY. — Mais oui !... D'abord, je
l'ai rencontrée autrefois chez votre
Grand'mère...

ÈVE. — Ah !... c'est vrai !...

MORAY. — Et j'ai eu la bonne chance

de la retrouver en Italie... Elle est charmante !...

ÈVE. — Charmante !... (*On entend les
premières mesures du cotillon.*) Ah !...
Voilà le cotillon !... (*Un peu agitée.*)
Déjà !...

MORAY, *se levant.* — Je vous remercie,
Mademoiselle Ève, de m'avoir accordé
cet instant de causerie... (*Il lui prend la
main.*) Je suis un ami bien dévoué et profondément affectionné... Vous le savez,
n'est-ce pas ?...

ÈVE, *nerveusement, retirant sa main.*
— Oui... oui... je le sais !... (*Elle le
quitte brusquement et s'élance au-devant de Robert qui entre.*)

ÈVE, *à Robert.* — Vous venez me chercher pour le cotillon ?...

ROBERT, *interdit.* — Mais... je n'espé-
rais pas... Vous m'aviez dit...

ÈVE, *lui prenant le bras.* — Qu'est-ce que je vous avais dit ?... (*Elle regarde le salon où les danseurs commencent à se placer.*) Où nous asseyons-nous ?... (*Ils remontent.*)

JACQUES, *qui entre en courant, à Moray.* — Vous n'avez pas vu Xaintrailles ?...

MORAY. — Je l'ai vu tout à l'heure... Qu'est-ce que tu lui veux ?...

JACQUES. — Rien... Mais on m'a dit qu'il ne cherchait... Il paraît qu'il vient d'avoir une discussion avec Montreuil...

COLETTE *qui arrive, très émue, par la baie de gauche.* — Une discussion absurde... à propos de rien !...

LA CHANOINESSE, *larmoyante et agitée, entrant par la baie de droite.* — Un duel !... C'est affreux !...

LOULOU, *qui la suit.* — Affreux ?... moi je trouve ça superbe !...

JACQUES. — Mais, enfin, comment est venue cette querelle ?

COLETTE. — A propos de rien, je te dis !...

LA CHANOINESSE, *en elle-même* — A propos de moi !... hélas !...

COLETTE. — Monsieur de Montreuil, qui danse le cotillon avec Éléonore, avait marqué sa place... La danseuse de Xaintrailles s'y étant assise, Monsieur de Montreuil a réclamé très doucement, très poliment... Là-dessus, voilà Xaintrailles qui part comme une soupe au lait... Tu vois ça d'ici ?...

MORAY. — Mais c'est idiot !... Ça ne peut pas avoir de suites !...

LA CHANOINESSE, *douloureusement.* — Pas de suites !... mais, en ce moment, ils se battent peut-être !...

LOULOU, *vivement.* — Où ça ?... Dans la cour ?... (*Elle court à la fenêtre.*) Un

duel à la lueur des torches !... J'ai vu ça
dans *Les Mousquetaires !...*

COLETTE, *à Jacques.* — Je compte sur
toi pour arranger cette sotte histoire...

JACQUES, *préoccupé.* — Je ne sais si
ça se pourra. (*Il regarde la duchesse qui
semble indifférente à tout ce qui se passe
et cause avec la marquise.*) Cette sotte
histoire peut n'être qu'un prétexte...

COLETTE, *qui suit son regard.* — Ah !
Suzanne, n'est-ce pas ?... Xaintrailles
s'occupe d'elle et Monsieur de Montreuil
s'en occupe également... Mais, à ce
compte-là, tous mes invités s'entre-tue-
raient...

JACQUES, *d'un ton de reproche.* — Colette !... la duchesse est...

COLETTE, *agacée.* — Une sainte !...
Oui !... c'est entendu !... Tiens, va donc
causer de ça avec Grand'mère... Vous
vous comprendrez tous les deux !... (*Elle*

*lui tourne le dos. Xaintrailles entre avec
le Duc. Il est suivi d'un monsieur ridicule
qui se confond en remerciements.)*

XAINTRAILLES. — Une bêtise, Monsieur,
ne parlons pas de ça !...

LE MONSIEUR. — Vous battre pour ma
fille ?... Oh ! monsieur le Vicomte...
C'est grand, ce que vous faites là !...

XAINTRAILLES, *en lui-même, cherchant
à échapper au monsieur.* — Allons !...
j'espère que l'affaire est dans le sac !... Le
père me vénère ! la petite me pleure d'a-
vance comme un veau devant tout le
monde !... (*A Jacques.*) Tâchez donc de
nous débarrasser du père Dumont !... J'ai
à vous parler...

JACQUES. — Où ça, le père Dumont ?...
(*Xaintrailles désigne le monsieur qui
parle avec animation à Colette.*) Ah ! très
bien !... Ce n'est pas le père Dumont,
mais je vais vous débarrasser de lui tout

de même... (*Il se dirige vers le monsieur.*)

XAINTRAILLES, *bondissant et le retenant par la basque de son habit.* — Comment !... pas le père Dumont ?.... C'est pas Dumont, le raffineur ?...

JACQUES. — Non... c'est Duval, son beau-frère... C'est presque la même chose !...

XAINTRAILLES, *avec éclat.* — La même chose !... (*A part.*) C'était pas celle-là ! (*Haut.*) Me voilà avec un duel ridicule... à propos d'une horrible petite dinde, que je n'ai jamais vue !...

JACQUES, *soupçonneux.* — Alors, cette querelle n'a pas d'autre motif ?...

XAINTRAILLES, *agacé.* — Et quel autre motif voudriez-vous qu'elle eût ?...

JACQUES, *anxieux.* — Mais... vous êtes... dit-on... très épris de quelqu'un que Montreuil...

XAINTRAILLES. — Madame de Jurieu ?...

Oh ! non !... Elle est avec moi, comme avec bien d'autres, en coquetterie réglée, mais je n'ai nulle envie de me battre pour elle !... (*En lui-même.*) Seulement, je peux lui laisser croire que je le fais... C'est une idée !... Ça avancera peut-être mes petites affaires...

COLETTE, *descendant près d'eux et s'adressant à Xaintrailles.* — Voyons, monsieur de Xaintrailles, ça n'a pas le sens commun, cette histoire ?...

XAINTRAILLES, *avec conviction.* — Ah ! madame !... à qui le dites-vous ?... C'est idiot !... (*A part, redescendant.*) Voyons ?... Griges m'a invité à aller chasser chez sa Grand'mère la semaine prochaine, je vais accepter... La Duchesse est là-bas... et madame de Chavannes y sera !... Superbe femme, madame de Chavannes ! un montant !... une saveur !... Pour l'instant, j'en ai assez du

mariage!... En avant, le mauvais motif!...
C'est encore le meilleur !...

LA CHANOINESSE, *à Xaintrailles, d'un
ton concentré.* — Mes vœux vous sui-
vront au moment du danger !...

XAINTRAILLES, *ahuri, à part.* — Ses
vœux ?... Ah ! mon duel !... Très bien
aussi, la Chanoinesse !.. et elle semble me
considérer sans dégoût... décidément, je
pars pour Griges !... (*La valse du cotillon
recommence.*)

LA MARQUISE, *à Ève, qui passe au bras
de Robert.* — Bonne valse, mes enfants !

ÈVE. — C'est le cotillon, grand'mère!..

LA MARQUISE, *transportée.* — Le cotillon !... et tu le danses avec lui ?...

ÈVE. — Oui, Grand'mère...

COLETTE. — Elle le danse avec lui!...

JACQUES. — Bravo ! Sœurette !... (*Saluant cérémonieusement.*) Monsieur Ro-

bert... Mademoiselle Ève... Recevez tous mes compliments...

ROBERT, *étonné, à Moray.* — Qu'est-ce qu'il y a donc ?...

MORAY. — Je ne sais pas !...

ÈVE, *souriante, entraînant Robert.* — Venez... je vais vous expliquer ça ?... (*Des danseurs passent en courant, des chaises à la main, on s'installe, le cotillon commence.*)

II

AU CHATEAU DE GRIGES

Le palier du premier étage. — A gauche, la chambre d'Ève. A droite, le commencement de l'escalier qui descend au rez-de-chaussée et une sorte d'antichambre sur laquelle s'ouvrent plusieurs portes. Trois en face de la chambre d'Ève et une du même côté, donnant dans une pièce qui double la chambre. Au milieu de l'antichambre, une borne de cuir, d'où sort une azalée immense. — Aux murs, gravures anglaises de chasses et de courses ; trophées d'armes, de fouets, de bois de cerf, etc. Des deux côtés de l'escalier qui est au fond, quatre grands tonneaux de faïence contenant des lauriers-

roses en fleurs. Chaque porte masquée par une portière de tapisserie.

Dans la chambre d'Ève, au fond, au milieu du panneau, un lit très bas et plat. — A la tête du lit, à droite, une porte condamnée par une grande commode Louis XVI. — A gauche, une fenêtre ; au fond, une baie, par laquelle on aperçoit le cabinet de toilette. — A droite, la cheminée. Au coin de la cheminée, une grande bergère et une petite table Louis XVI, supportant une lampe à abat-jour rosé, des livres, et du lilas blanc dans un vase de cristal. — Au fond, la porte qui ouvre sur l'antichambre. — La chambre et le cabinet sont tendus en perse ancienne ; le lit, les rideaux, portières, sièges, etc., également en perse. — Aux murs, quelques portraits au pastel, femmes Louis XVI, ou Directoire.

Dans sa chambre ÈVE *lit, assise au coin du feu dans la bergère.* LOULOU *arrive dans l'antichambre, grimpant l'escalier quatre à quatre, en parlant à quelqu'un qu'on ne voit pas.*

LOULOU. — Oui !... Prenez un mot !... un pas trop difficile... Je reviens !... (*Elle se précipite dans la chambre d'Ève et s'arrête, étonnée.*) Comment ! tu lis ?...

ÈVE. — Je lis...

LOULOU. — Ah bien !... C'est gracieux pour ceux d'en bas, ça !... Qu'est-ce que je vais dire ?...

ÈVE. — A qui ?...

LOULOU. — Ben, à tout le monde !... On demande ce que tu es devenue ?...

ÈVE. — Tu diras que je suis montée me coucher... que j'étais fatiguée...

LOULOU. — Mentir, alors ?...

ÈVE, *riant*. — Dis ce que tu voudras,
pourvu que ce soit poli !...

LOULOU. — C'est ce malheureux Robert qui va faire un nez !...

ÈVE. — Non !... Je l'ai averti, lui !...
J'en avais assez des petits jeux !...

LOULOU. — Oh ! c'est pourtant telle-
ment amusant !... J'y retourne vite !...
On prend un mot !... C'est mon tour !...
Tout à l'heure, on a donné des gages !...
Monsieur de Xaintrailles voulait absolu-
ment embrasser la Duchesse ou Colette...
Elles n'ont pas voulu !...

ÈVE, *riant*. — Je le pense !...

LOULOU. — Pourquoi ?... Ah bien ! si
ça avait été moi...

ÈVE. — Va donc jouer !...

LOULOU. — J'y vais !... Bonsoir ! (*Elle
se sauve en courant et se jette dans Xaintrailles qui arrive au haut de l'escalier.*)

LOULOU. — A-t-on choisi mon mot ?...

XAINTRAILLES. — Non, Mademoiselle, on a changé de jeu... On prépare une charade très compliquée, paraît-il, que je dois deviner... Et, comme on a besoin du vestibule, on m'a dit de monter... (*Il s'installe sur la borne.*) J'aime autant ça, d'ailleurs !... On est mieux assis !... On serait bien aimable d'envoyer une dame me tenir compagnie ?... Voulez-vous le demander, Mademoiselle, dites ?... Si on me laisse ici tout seul, je m'endormirai, c'est sûr !...

LSULOU. — Je resterais bien... mais j'aurais peur d'être grondée !... Je vais envoyer quelqu'un... (*A part.*) La cousine Éléonore !... (*Elle descend en courant.*)

XAINTRAILLES, *en lui-même.* — C'est vrai !... Trop de petits jeux !... Ce que je donnerais pour voir finir la soirée !...

Quelle femme, que la duchesse !... Quels
yeux, quelle bouche !... Et madame de
Chavannes, donc !... Oui, mais, celle-là,
faut pas y penser !... Ce qu'elle m'a envoyé promener !... C'est une veuve qui
est pour le bon motif !... Malgré tout, je
n'aurai pas perdu mon temps ici !... (*Il
sourit.*) sans parler de cette excellente
Chanoinesse qui me couve de l'œil... au
point que c'en est intimidant !... Allons,
bon, la voilà !...

LA CHANOINESSE, *essoufflée*. — Loulou
dit que vous demandez à ne pas rester
seul... et on m'envoie vous tenir compagnie... (*Elle s'assoit sur la borne.*)

XAINTRAILLES, *très gracieux*. — Comment, le chœur de vos admirateurs vous a
laissée partir ?...

LA CHANOINESSE, *modeste*. — Oh ! le
chœur de mes admirateurs !...

XAINTRAILLES, *en lui-même.* — Elle m'assomme, mais il faut être aimable ! (*Haut.*) Dites un peu que, du matin au soir, il ne vous répète pas que vous êtes charmante ?... C'est à tel point que ça doit même vous agacer...

LA CHANOINESSE. — Oui... quelquefois... parce que ceux qui me disent ces choses sont précisément ceux qui ne m'intéressent pas...

XAINTRAILLES, *sans méfiance.* — Ah !... vraiment...

LA CHANOINESSE. — Et que, celui qui m'intéresserait est précisément le seul qui ne me les dit pas... (*Elle le regarde tendrement.*)

XAINTRAILLES, *inquiet, en lui-même.* — Ça, c'est ce qu'on peut appeler un direct !...

LA CHANOINESSE, *douloureusement !* — Vous voyez bien !...

XAINTRAILLES, *gêné.* — Qu'est-ce que
je vois ?...

LA CHANOINESSE. — Que vous ne dites
rien ?...

XAINTRAILLES. — Qu'est-ce que je
pourrais dire ?...

LA CHANOINESSE. — Vous pourriez...
peut-être m'expliquer ce silence... que
moi, je ne m'explique pas...

XAINTRAILLES, *très embêté en lui-
même.* — Cristi !... (*Il réfléchit.*) Montreuil affirme que jamais la chanoinesse
n'a sauté le pas et que c'est une affaire
uniquement platonique et sentimentale...
Je me demande si il ne se fourre pas le
doigt dans l'œil... D'autre part, je sais
bien que, une chanoinesse, c'est un peu
comme une femme mariée... puisqu'elle
est liée par son vœu qui l'empêche de se
marier... (*Haut.*) On ne peut expliquer ce
qui est inexplicable !...

LA CHANOINESSE. — Être aimée et mourir, je n'en demanderais pas davantage !... (*Elle le regarde tendrement.*)

XAINTRAILLES, *en lui-même, étonné.* — Elle est ridicule, mais appétissante !... Il n'y a pas à dire, elle est très appétissante !... (*Haut.*) Aimer et vivre... voilà ce qu'il faut faire...

LA CHANOINESSE. — Hélas !...

XAINTRAILLES, *se penchant vers elle.* — Vous semblez triste... émue ?...

LA CHANOINESSE. — Oui... je regrette parfois la solitude où je vis !... je voudrais rencontrer un être qui sût deviner ce que contient d'ardeurs ce cœur aux battements comprimés...

XAINTRAILLES, *en lui-même.* — Elle cherche un extincteur de volcan... parfaitement !...

LA CHANOINESSE. — Je suis sûre que je ferais le bonheur de celui qui deviendrait le compagnon de toute ma vie...

XAINTRAILLES, *en lui-même.* — De toute sa vie ? comme elle y va !... C'est égal !... Ses yeux brillent... elle est charmante !... (*Haut et avec feu.*) Ah ! pourquoi l'avez-vous prononcé, ce vœu fatal qui interdit de vous adorer... ou du moins de vous exprimer...

LA CHANOINESSE. — Quel vœu fatal ?... (*Souriant.*) Ah ! vous croyez ?... Non !... Mon titre est purement honorifique, rassurez-vous !... (*Elle le regarde langoureusement.*) Je suis libre !...

XAINTRAILLES, *saisi.* — Comment, vous êtes... (*En lui-même.*) Ah ! mais !... Ah ! mais !... C'est une autre affaire !... On devrait prévenir... Me voilà bien, moi, à présent !... (*Bruit de pas, rires, tapage dans l'escalier.*) O joie !... voici du monde ! ! !

LA MARQUISE, COLETTE, LE DUC, LA DU-
CHESSE, LOULOU, JUVISY, MORAY, ROBERT,
JACQUES, LOUVILLE *paraissent au haut de
l'escalier. La marquise marche la pre-
mière, les autres suivent.* JACQUES *tourne
autour de la duchesse, qui l'évite.*

XAINTRAILLES, *il se lève vivement.* —
Et la charade ?...

LA MARQUISE. — Remise à demain... Il
est vraiment trop tard !... Il faut penser
aux chasseurs qui se lèvent de bonne
heure !... Bonsoir, mes enfants !... (*Elle
tourne à gauche au haut de l'escalier, pré-
cédée d'un valet de pied qui porte une
lampe.*)

LE DUC. — Quand je pense qu'il faut
se lever à trois heures et demie ou quatre
heures, je frissonne !

MORAY, *étonné.* — A quatre heures ?...

LE DUC. — Oui... Nous allons à l'affût tuer des blaireaux pour ma femme !... Elle adore cette fourrure !... Est-ce que vous ne venez pas avec nous ?...

MORAY. — Ah ! non !

LE DUC. — Qui est-ce qui vient ?...

JACQUES. — Moi !...

ROBERT. — Moi !...

JUVISY. — Moi !...

LOUVILLE. — Moi !...

JACQUES, à *Xaintrailles*. — Alors, c'est convenu... C'est vous qui vous dévouez ?... Vous allez à Paris ce matin ?...

XAINTRAILLES. — Convenu... j'irai en rentrant de l'affût...

JACQUES. — A quelle heure voulez-vous la voiture ?...

XAINTRAILLES. — Avant ou après le déjeuner, ça m'est égal !... Je rapporterai nos cartouches, les bougies de Mademoiselle Ève...

LA DUCHESSE. — Mes fleurs !...

COLETTE. — Ma robe !...

LA CHANOINESSE. — Mes romances !...

LOULOU, *en elle-même.* — Si je pouvais trouver aussi une commission pour le forcer à penser à moi !... (*Pensive.*) Faudrait une commission... poétique !... Voilà le chiendent !... (*Elle reste absorbée.*)

COLETTE, *s'asseyant sur la borne.* — Je ne peux pas me décider à me coucher !... Je n'ai jamais sommeil !...

MORAY. — Je le crois bien !... Vous vous levez à onze heures !...

COLETTE. — Et Grand'mère qui croit qu'on se couche quand on monte !... Elle ne connaît pas la station du palier, Grand-mère !... Hier, nous sommes restés plus d'une heure à bavarder ici...

LA DUCHESSE, *s'asseyant aussi sur la borne pour échapper à Jacques, qui cherche à lui parler.* — On y est très bien !...

XAINTRAILLES, *assis entre la duchesse et la Chanoinesse.* — On y est divinement !...

JUVISY. — Toi !... Mais nous ?..,

XAINTRAILLES. — Eh bien, allez chercher des chaises !...

JACQUES. — Oh ! si on apporte des meubles... on n'ira plus se coucher du tout !...

MORAY. — Est-ce qu'on peut fumer ?...

COLETTE. — Naturellement !...

LE DUC, *suppliant.* — Sa pipe ?...

LA DUCHESSE. — Fi !...

LE DUC. — Pourquoi, fi !... (*A Colette et à la Chanoinesse.*) Vous permettez ?... (*Il disparaît dans sa chambre.*)

LOULOU, *illuminée, à part.* — J'ai trouvé !... (*Elle fouille dans sa poche.*)

LE DUC, *revenant avec sa pipe, qu'il*

allume. — Ça me sauve la vie !... J'avais un commencement de mal de dents... Et c'est le seul remède... J'ai essayé de tout !...

LOULOU, *à part, comptant dans son porte-monnaie.* — Un... deux... trois. (*Haut.*) je parie que vous n'avez pas essayé d'un remède que je connais ?...

LE DUC, *intéressé.* — Qu'est-ce qu'il faut faire ?...

LOULOU. — Oh ! c'est bien simple !... Voilà !... On met de l'eau froide dans sa bouche, et on s'assoit sur un poêle jusqu'à ce qu'elle soit chaude...

COLETTE, *à moitié riant, à moitié fâchée.* — Loulou !... (*Au duc.*) Vous ne devriez pas aller au froid... Ça va piquer ferme, ce matin !...

LOULOU, *à part, continuant son compte.* — Les cent francs de Grand'mère pour Noël... dix francs que j'avais... vingt francs de ma semaine... cent trente francs !... ça ne fait pas un compte !... (*Elle recommence.*)

XAINTRAILLES, *allumant une cigarette et se rasseyant sur la borne.* — A présent, si nous disions des bêtises ?...

COLETTE, *vivement.* — Loulou !... Va te coucher !...

LOULOU, *indignée.* — Me coucher ?...

COLETTE. — Fais ce que je te dis !...

LOULOU. — J'y vais !... (*A Xaintrailles.*) Monsieur de Xaintrailles, voulez-vous aussi vous charger d'une commission pour moi ?...

XAINTRAILLES, *se levant.* — A vos ordres, Mademoiselle.

LOULOU. — Voulez-vous m'acheter des tourterelles ?... Voilà cent trente francs...

XAINTRAILLES, *ahuri.* — Des tourterelles... cent trente francs !...

LOULOU, *inquiète*. — C'est pas assez ?...

XAINTRAILLES, *riant*. — C'est trop, Mademoiselle, mais...

LOULOU. — J'ai très envie d'avoir des tourterelles !... Voulez-vous me les choisir comme pour vous ?...

XAINTRAILLES. — Comme pour moi ?... Mon Dieu ! à vous dire vrai, pour moi, je n'en choisirais pas...

LOULOU, *câline*. — Je vous en prie ?...

XAINTRAILLES, *s'inclinant*. — Que votre volonté soit faite, Mademoiselle !... Seulement, permettez-moi de vous rendre cent francs... je pense qu'avec trente francs, la cage comprise...

LOULOU, *ravie*. — Merci, Monsieur !...

XAINTRAILLES, *en lui-même*. — A la bonne heure !... Avec cette petite, il y a toujours de l'imprévu...

COLETTE. — Loulou... va te coucher !...

LOULOU, *très digne.* — J'y vais, mon Dieu, j'y vais !...

JACQUES. — Où est Robert ?...

MORAY. — Il est rentré chez lui...

LA DUCHESSE. — Depuis la disparition d'Ève, il était comme une âme en peine !... Qu'est-elle donc devenue, Ève ?...

LOULOU, *se retournant.* — Elle m'a dit de dire qu'elle était fatiguée... et elle m'a recommandé de le dire poliment... (*Elle disparaît à droite dans le corridor.*)

MORAY. — Je craignais qu'elle ne fût souffrante !...

LA DUCHESSE, *le regardant méchamment.* — Ah ! c'est donc ça... vous étiez préoccupé... distrait... (*Appuyant.*) Vous aussi !... (*Mouvement de Moray.*)

XAINTRAILLES, *allumant une seconde cigarette.* — Il va faire un petit froid !...

LA CHANOINESSE. — Ah ! tant mieux !...
Moi, j'ai toujours trop chaud !...

XAINTRAILLES, *en lui-même*. — Le volcan, parbleu !... et le volcan sans tou-
ristes !... C'est effrayant !...

LOUVILLE. — Un bon temps pour les
ramiers, ce froid sec !... Pendant que Jurieu ira à ses blaireaux, nous en tuerons
des masses !...

XAINTRAILLES. — Pas toi !...

LOUVILLE. — Mais...

XAINTRAILLES. — Dame !... Tu ne peux
même pas toucher un pigeon de tir...
Alors...

LOUVILLE, *protestant*. — Oh !

MORAY, *riant*. — Vous exagérez !...

XAINTRAILLES. — Vous avez raison... Il
en a tué quatre : le premier, en 1910, par
un orage tellement épouvantable, qu'on
n'a jamais su si le bon Dieu n'avait pas
appuyé le coup de fusil... le second... at-

tendez donc... le second... (*Il cherche.*)

MORAY, *riant*. — C'est en 1914... l'année de la guerre !... Il essayait de tirer sur un joujou volant, que les petites de Chaville avaient acheté à des Japonais et qui ressemblait à une grande chauve-souris !... Vous rappelez-vous ?...

XAINTRAILLES. — Parfaitement !... et c'est en visant cette machine, hors de l'enceinte, qu'il est parvenu à tuer un malheureux petit pigeon de rien du tout qui ne volait pas encore droit... Un acte de barbarie, quoi ?... Le troisième...

LOUVILLE, *riant aussi*. — Assez !... assez !...

XAINTRAILLES. — Assez !... Moi, je trouve que c'est peu, à trente-huit ans, de n'avoir tué que quatre pigeons quand on va au tir trois fois par semaine...

LE DUC. — Mais aussi ses fusils ne sont

pas à sa couche... Il devrait les faire rectifier...

COLETTE, *riant*. — Il vaudrait mieux
rectifier son tir !...

LOUVILLE. — Il est de fait que mon fusil ne pique pas du tout l'oiseau... J'ai
envie d'essayer d'un dix...

JACQUES, *se récriant*. — Oh ! pourquoi
pas une canardière !...

XAINTRAILLES. — Ou un petit canon,
pendant que tu y es !...

LOUVILLE, *ahuri*. — Enfin, mon fusil
ne pique pas !... Il n'y a pas à dire mon
bel ami... je sais bien comment je tire...
peut-être ?...

XAINTRAILLES. — Je ne crois pas !...

LOUVILLE. — Mais, que diable ?...

XAINTRAILLES. — Alors, si tu le sais,
pourquoi ne tires-tu pas autrement ?...

LA CHANOINESSE, *conciliante*. — Monsieur de Louville a probablement plus de

chance à la chasse qu'au tir au pigeon ?...

MORAY. — Oui... l'année dernière, il a tiré sur un berger !...

LOUVILLE, *navré*. — J'espère cette année être plus heureux !...

XAINTRAILLES. — Peste !... Tu es ambitieux !... C'est bon à savoir pour t'éviter en battue, ça !...

COLETTE. — Grand'mère a dit que la battue de demain était remise, à cause de l'arbre de Noël et des fiançailles d'Ève... Ce sera pour vendredi...

MORAY. — Est-ce que le Général y viendra encore, à la battue ?...

COLETTE. — Mais oui... je pense...

MORAY. — Bigre !... C'est qu'il a le plomb léger !... Il m'en a encore envoyé un la dernière fois...

XAINTRAILLES. — A moi aussi !...

COLETTE. — Vous avez crié comme si on vous assassinait !...

XAINTRAILLES. — Dame !...

COLETTE. — Ça n'était rien du tout !... ça n'a même pas saigné !...

XAINTRAILLES. — Parce que le plomb n'est pas entré... heureusement !... Mais ça m'a cinglé... Et je lui promets une chose, au Général, c'est que si ça lui arrive encore, je le prie de se retourner et je lui envoie mon coup de fusil dans... le dos...

LA CHANOINESSE. — Mais il ne se retournera pas !...

XAINTRAILLES. — Vous croyez ?... Alors, je le lui enverrai dans le nez... Ça m'est égal !...

LA DUCHESSE, *se levant*. — Allons !... Il faut être raisonnable... et aller se coucher !...

XAINTRAILLES. — C'est ça !... Allons nous coucher !...

LA CHANOINESSE. — Déjà !...

XAINTRAILLES, *à part.* — Elle est en-
ragée, ma parole !... (*Bonsoirs, poi-
gnées de main, saluts, etc. La duchesse
entre dans la chambre à côté de celle
d'Ève ; le Duc, en face de sa femme ;
Louville et Juvisy en face d'Ève, Colette
tourne à gauche et Jacques, Moray et
Xaintrailles à droite dans le corridor au
haut de l'escalier. Dès qu'ils sont sortis,
la marquise paraît, venant de la gauche et
entre chez Ève.*

*Dans la chambre d'*ÈVE.

ÈVE, *étonnée.* — Grand'mère !...

LA MARQUISE. — De ma fenêtre, j'ai
vu ta lumière et je viens te dire bonsoir...
puisque tu as jugé à propos de monter
avant tout le monde... (*Elle s'assoit dans
la grande bergère au coin du feu.*)

ÈVE, *câline, venant s'asseoir sur un petit tabouret aux pieds de la Marquise.* — Je m'ennuyais tant ce soir, Grand'mère !

LA MARQUISE. — Tu t'ennuyais !... et pourquoi ça ?... On a pourtant dansé... on a joué aux petits jeux ?...

ÈVE, *riant.* — Justement !... les petits jeux... les petites danses... les petites charades... Enfin toutes ces petites choses-là ne m'amusent pas beaucoup...

LA MARQUISE. — Tâche donc de devenir un peu plus sociable !... Qu'est-ce que c'est qu'une fille de vingt ans qui va se marier et qui n'aime qu'à monter à cheval, à ramer, à nager, sans parler de toutes vos nouvelles inventions de polo, de tennis, de cricket... est-ce que je sais, moi ?... Enfin, tous vos jeux, qui font qu'à présent on ne peut plus mettre le pied dans le parc sans trébucher dans un machin quelconque, glaise, filet

tendu, ou trappe !... Ah ! c'est du temps
joliment employé !...

ÈVE, *appuyant sa tête sur les genoux de
la marquise.* — Grondez pas, Grand'-
mère !... ça nous amuse tant !... Et puis,
je ne joue pas toujours... Je travaille, je
peins, je lis beaucoup...

LA MARQUISE. — Beaucoup trop !... Tu
dévores à tort et à travers un tas de bou-
quins...

ÈVE. — Choisis par vous...

LA MARQUISE. — Je voudrais voir qu'il
en fût autrement !...

ÈVE. — Enfin, Grand'mère, qu'est-ce
que vous voulez que je réforme en moi,
dites ?...

LA MARQUISE. — C'est difficile à préci-
ser, rien et tout !... Regarde l'attitude de
Suzanne... Voilà une vraie femme !... Elle
ne joue pas au tennis, celle-là... Elle ne
rame pas comme un passeur !...

ÈVE, *souriant*. — Parce qu'elle craint les ampoules et que le tennis, par le froid qu'il fait, gerce les lèvres et rougit le bout du nez... Mais moi, je ne suis pas belle comme la duchesse et je...

LA MARQUISE, *vivement*. — Tu le seras tout autant !... C'est uniquement la tenue de Suzanne que j'envie pour toi... pour Colette aussi, d'ailleurs !...

ÈVE, *riant*. — Et même pour Lou-lou ?... (*Sérieuse.*) Grand'mère, qu'a-t-elle donc de si remarquable, la tenue de Suzanne ?...

LA MARQUISE. — Elle est modeste, malgré sa beauté, réservée, décente... Ce n'est pas elle qui s'en va dans un coin rire et causer !... ni qui raconte des histoires risquées ou chante des chansonnettes qu'une honnête femme ne devrait même pas entendre !...

ÈVE. — Mais, Grand'mère, ce n'est pas

moi non plus !... je ne chante jamais quand il y a du monde... et je ne raconte pas d'histoires risquées, comme vous dites...

LA MARQUISE. — Non... mais c'est Colette qui...

ÈVE. — Vous gronderez Colette à son tour, Grand'mère...

LA MARQUISE. — Je gronderai... je gronderai... On croirait vraiment que je suis croquemitaine ?...

ÈVE. — Non... Mais voyez-vous, Grand'mère, moi, à votre place, j'aimerais mieux que mes petites-filles se montrassent... Oh ! comme je parle bien !... se montrassent donc telles qu'elles sont, avec beaucoup de défauts, que de cacher soigneusement ces mêmes défauts pour les conserver plus sûrement...

LA MARQUISE. — Non !... c'est inouï!... une gamine qui ne voit pas plus loin que le bout de son nez et qui... (*Elle rit.*)

ÈVE. — Que si, Grand'mère !... Ainsi, je vois des choses que vous ne voyez pas...

LA MARQUISE, *qui a tiré de sa poche une liste qu'elle parcourt.* — Au lieu de conter des sornettes, dis-moi si tu as bien tout pour l'arbre de Noël ?...

ÈVE. — Oui, Grand'mère !...

LA MARQUISE. — Les rubans ?...

ÈVE. — Oui, Grand'mère !...

LA MARQUISE. — Les bougies ?...

ÈVE. — J'en ai déjà et on rapportera le reste demain matin...

LA MARQUISE. — Tu peux même dire ce matin, car il est deux heures... Alors, on va à Paris avant le déjeuner ?...

ÈVE. — Oui, ces messieurs voulaient je ne sais quelles cartouches, et monsieur de Xaintrailles s'est chargé de les choisir... Il va dans la limousine et il veut bien pas-

ser à la maison. . On remettra à Joseph
les caisses de bougies...

LA MARQUISE. — Je suis fâchée de l'a-
voir invité à venir ici, Xaintrailles !...

ÈVE, *étonnée.* — Pourquoi donc ça ?...
Il est très... décoratif !...

LA MARQUISE. — Oui... si décoratif que
Loulou en a la tête tournée !...

ÈVE. — Loulou !... Ah ! ça n'est pas
grave !... (*Elle rit.*)

LA MARQUISE. — Non... mais c'est ridicule !... Elle est en admiration devant
lui !... Quand il parle, elle l'écoute la
bouche ouverte et les yeux fermés...

ÈVE, *riant.* — Cette pauvre Loulou !...
Je n'ai pas remarqué ça !... Mais aussi,
Grand'mère, vous lui répétez toujours
qu'elle est une grande personne bonne à
marier, qu'elle doit devenir raisonnable,
penser à l'avenir... alors...

LA MARQUISE. — Alors, c'est Xain-

trailles qui lui représente l'avenir ?... Il
est joli, l'avenir !...

ÈVE. — Vous êtes sévère pour monsieur de Xaintrailles, ce soir !...

LA MARQUISE, *étonnée.* — Comment, tu
le défends ?...

ÈVE. — Mais non, Grand'mère !... je
ne le défends pas !...

LA MARQUISE. — Deux heures un
quart !... C'est fou de se coucher à des
heures pareilles !... Bonsoir !... (*Elle embrasse Ève.*) Je suis heureuse de penser
que dans trois semaines tu seras la femme
de Robert !... Brave garçon !... Sa joie
fait plaisir à voir !... Et toi ?... Es-tu contente, au moins ?...

ÈVE. — Mais oui, Grand'mère !...

LA MARQUISE. — Tu es contente en de-
dans!... Tu n'es pas démonstrative, toi!...
Mais tu es une bonne fille tout de même!..
(*Elle l'embrasse encore et s'en va.*)

Ève, *allant et venant dans sa chambre
en elle-même*). — Oh ! oui, je vois des
choses qu'elle ne voit pas, Grand'mère !...
ainsi, elle n'a pas remarqué que Jacques a
l'air triste, préoccupé... et je sais pourquoi il a cet air-là !... Colette aussi le
sait... Je l'ai bien vu, quoiqu'elle ne m'en
ait rien dit... Il est des choses dont on ne
parle pas aux jeunes filles... On a raison !... (*Jacques paraît à l'extrémité du
corridor et vient écouter à la porte de la
Duchesse.*) C'est trop déjà qu'elles les de-
vinent !... (*Avec dégoût.*) Oh ! cette Suzanne !.. je la déteste !... Et tout à
l'heure, quand Grand'mère m'énumérait
ses qualités, j'ai cru que j'allais lui crier
malgré moi : « La duchesse !... c'est la
duchesse que vous me donnez pour
exemple ?... Eh bien, voilà ce qu'elle fait,
la duchesse !... » (*Elle écoute.*) Qui est-ce
qui marche donc dans le corridor !...

(*Elle ouvre brusquement sa porte et se trouve nez à nez avec Jacques.*)

ÈVE. — Qu'est-ce que tu fais là, toi ?...

JACQUES, *embarrassé.* — Mais... je... (*Brusque.*) Et toi ?... Comment n'es-tu pas couchée à cette heure-ci ?...

ÈVE. — Grand'mère avait à me parler... Elle me quitte à l'instant !...

JACQUES, *surpris.* — Grand'mère !...

ÈVE. — Oui !... Tu vois que tu aurais pu la rencontrer... (*Mouvement de Jacques.*) Oh ! ne cherche pas à me donner le change !... (*Tristement.*) — je sais ce qui te rend malheureux, va !...

JACQUES, *embarrassé.* — Écoute, Ève, j'ai été peut-être étourdi... Je voulais voir... la personne à laquelle tu fais allusion, lui parler seulement... Rien de plus, je te jure !... (*Inquiet.*) Ève... ne va pas croire...

ÈVE. — Quoi ?...

JACQUES, *rassuré*. — La Duchesse est d'ailleurs à l'abri de tout soupçon...

ÈVE, *moqueuse*. — Évidemment !... C'est ce que Grand'mère me disait encore à l'instant... Bonsoir !... (*Elle rentre dans sa chambre.*)

JACQUES, *s'arrêtant encore à la porte de la Duchesse.* — Il faut absolument que je sache... (*Il s'éloigne.*)

ÈVE, *en elle-même.* — J'aurais mieux fait de ne rien lui dire... Il m'en voudra et ça n'empêchera rien !... (*Elle regarde la pendule.*) Il est horriblement tard... (*Elle détache ses cheveux et commence à en faire une grosse natte.*) Et il faut que je me lève de bonne heure, pour préparer l'arbre de Noël et essayer ma toilette...

LOULOU, *en chemise de nuit, arrivant*

du fond en courant et se cachant précipitamment sous une des portières de droite.

— Depuis trois jours, il sort de sa chambre au milieu de la nuit !... Je l'entends !... Et il rentre, longtemps, longtemps après... Il doit être malade !... Je veux savoir ce qu'il a !... Il faudra bien qu'il passe ici ou dans l'escalier !... *(Elle laisse vivement retomber la portière. Un monsieur emballé dans un grand ulster tombant jusqu'aux pieds, ayant sur la tête une casquette de voyage à visière et oreilles, s'avance avec précaution dans le corridor, regarde de tous les côtés et entre vivement dans la chambre voisine de celle d'Ève.)*

ÈVE, *écoutant.* — On a encore marché... C'est singulier !...

LOULOU, *sortant de sa cachette.* — Oh ! en voilà une drôle de chose !... C'est chez la Duchesse qu'il s'engouffre !... *(Stupé-*

faite.) A cette heure-ci!... Qu'est-ce qu'il peut bien aller y faire?... J'ai envie de le dire à Colette... ou à Grand'mère! (*Réfléchissant.*) Non, je crois qu'il vaut mieux pas !... Je serais grondée !... On dirait encore que je me mêle de ce qui ne me regarde pas !... Et moi qui ai manqué me cacher sous la portière de la duchesse !... C'est là qu'il aurait fait une tête !... C'est égal, ça me paraît cocasse, tout ça !... En attendant, je vais me coucher, moi !... (*Elle disparaît au fond, à droite.*)

ÈVE, *allant et venant, en nattant ses cheveux.* — Grand'mère a raison... la joie de Robert me fait plaisir !... Je suis heureuse de le voir si heureux !... (*Grave.*) J'espère être une bonne femme et je suis sûre d'être une bonne mère... Robert m'aime tant !... Je l'aimerai aussi !... (*Pensive, nouant lentement d'un ruban blanc le bout de sa natte.*) Et il me semble que j'aimerais bien quelqu'un que j'aimerais !... (*Elle entre dans le cabinet de toilette.*)

LE DUC, *il sort de sa chambre, des molletières à la main et frappe doucement à la porte de sa femme.* — Suzanne ! Suzanne !... (*Un temps.*) Suzanne !... (*Il frappe de nouveau.*

LA VOIX DE LA DUCHESSE *appelant très bas à la porte de communication devant laquelle est la commode.* — Ève !... Ève !...

ÈVE, *sortant en courant du cabinet de toilette.* — J'ai cru qu'on parlait !...

LE DUC, *frappant toujours.* — Suzanne!

VOIX DE LA DUCHESSE. — Ève !... Répondez-moi... je vous en prie ?...

ÈVE, *allant à la porte.* — C'est vous qui m'appelez, Madame ?...

LA DUCHESSE. — Oui.. parlez bas et

ouvrez-moi ?... Mon mari est là... dans le corridor !...

LE DUC, *criant*. — C'est que je ne peux pas m'habiller sans tire-bouton, ma chère amie !... Pas moyen de mettre mes molletières avec mes doigts... Et j'ai perdu mon tire-bouton !... Suzanne !... (*Il secoue légèrement le bouton de la serrure.*)

LA DUCHESSE. — L'entendez-vous ?... Ouvrez vite !... Je vous en supplie ?...

ÈVE, *inquiète*. — Mais il y a un meuble devant cette porte... je ne peux pas l'ouvrir !...

LA DUCHESSE. — Ah !... Mais c'est à devenir folle !... Si vous n'ouvrez pas, nous sommes perdus !...

ÈVE, *à part*. — *Nous* sommes perdus ?... (*Effarée.*) Mon Dieu !... Est-ce que Jacques serait là ?... (*Elle saisit la commode et l'ébranle avec peine.*)

LE DUC, *frappant*. — Mais, sac à pa-

pier !... on ne dort pas comme ça !... Suzanne !... je vais manquer le départ et
vous n'aurez pas vos peaux de blaireau !...
Il sera trop tard pour l'affût !...

LA DUCHESSE. — Il s'impatiente !...
Mais c'est horrible !...

ÈVE, *affolée, tirant la commode avec
précaution, pour ne pas faire de bruit.* —
Répondez donc, Madame !...

LA DUCHESSE, *criant.* — Attendez !... Je
me lève !...

LE DUC. — Enfin !... ça n'est pas malheureux !...

ÈVE, *à part.* — Mon Dieu !... s'il se
doutait que Jacques... (*Elle parvient à enlever la commode et tire le verrou. La
porte s'ouvre brusquement et Xaintrailles
est lancé dans la chambre. Puis la porte
se referme. Ève recule. saisie. Presque en
même temps, la porte de la duchesse
s'ouvre et le duc entre dans la chambre.*)

Xaintrailles *en pyjama de soie mastic. Le chiffre brodé sur la poche de côté. Collerette et manchettes garnies de dentelles. Pantoufles ruisselantes de broderies d'or. Il est très ému et tient sur son bras un ulster et à la main une casquette. Il bafouille éperdu.* — Mademoiselle !...

Ève, *pétrifiée.* — Monsieur de Xaintrailles !...

Xaintrailles, *un peu pâle et essoufflé.* — Oui... Mademoiselle !... C'est... c'est moi !...

Ève, *se remettant et suivant son idée.* — Vous !... Ah bien, si j'avais su !... (*A part.*) Quel bonheur que ce ne soit pas Jacques !...

Xaintrailles, *toujours ému, balbutiant.* — Mademoiselle... je suis confus... je ne sais vraiment...

Ève, *regardant Xaintrailles et luttant*

contre l'envie de rire. — Mais, Monsieur...

XAINTRAILLES. — Mademoiselle !... C'est sublime ce que vous avez fait là !...

ÈVE, *qui rit sans pouvoir s'en empêcher.* — Oh ! sublime !... D'abord, je ne savais pas trop ce que je faisais... je me rendais bien compte qu'il se passait quelque chose... (*Elle cherche le mot.*) d'insolite, mais sans savoir ce que c'était...

XAINTRAILLES. — C'était moi !...

ÈVE, *elle rit.* — Je le vois bien !... (*Sérieuse.*) Si vous voulez à présent regagner votre chambre ?... (*Elle se dirige vers la porte.*)

XAINTRAILLES. — Y songez-vous, Mademoiselle ?... Il faut attendre que Jurieu soit rentré chez lui !...

ÈVE. — Ah !... il faut attendre que monsieur de Jurieu... (*Résignée.*) Atten-

dons en ce cas !... (*Narquoise.*) Asseyez-
vous donc...

XAINTRAILLES, *s'asseyant.* — Merci, Mademoiselle !... (*Voyant qu'Eve reste debout, il se relève.*) En voyant votre bonté
charmante... votre pureté... qui ne croit
pas au mal... je suis désolé de vous initier
à... à des choses que vous devriez igno-
rer..

ÈVE. — Ne vous inquiétez donc pas !...
Je ne sais rien !... (*Narquoise.*) Vous l'a-
vez dit, monsieur, je ne crois pas au mal...
mais il y a des gens qui y croient... et,
pour ceux-là...

XAINTRAILLES. — Vous vous moquez de
moi ?...

ÈVE. — Pas du tout !... (*Un temps.*)
Ne pensez-vous pas que monsieur de Jurieu est parti ?...

XAINTRAILLES. — Mais non... On entend encore parler... Ecoutez !...

ÈVE, *un peu nerveuse.* — Soit... écoutons !... C'est égal !... je fais de singulières choses, ce matin!... Je vous cache dans ma chambre... J'écoute aux portes... Ah ! si Grand'mère me voyait !... *(Elle écoute.)* Tiens !... il parle encore du tire-bouton !... Eh bien, quand il a trouvé un sujet de conversation, il le pousse à fond, monsieur de Jurieu !... *(Ils écoutent.)*

LA VOIX DE LA DUCHESSE. — Vous êtes insupportable !... Vous m'éveillez en sursaut !...

LA VOIX DU DUC. — En sursaut ?... Ah! bien !... Vous mettez du temps à vous éveiller en sursaut, toujours !...

LA VOIX DE LA DUCHESSE. — J'ai eu froid en allant vous ouvrir...

LA VOIX DU DUC. — Aussi, quelle idée de vous verrouiller comme si nous étions entourés de malfaiteurs...

LA VOIX DE LA DUCHESSE. — Et tout ce
tapage pour une stupidité pareille !...

LA VOIX DU DUC. — Stupidité tant que
vous voudrez !... Mais moi, je ne peux
pas mettre mes molletières sans tire-
bouton...

ÈVE, *riant malgré elle*. — Le tire-bouton !... il y revient !

LA VOIX DU DUC. — ... Et je ne peux
pas aller à l'affût sans mes molletières... .
Il y a peu d'herbe et beaucoup de cailloux
sur cette lisière... Ces endroits, peu pro-
pices à l'agriculture, sont très recherchés
par les vipères... Or, moi je crains...

LA VOIX DE LA DUCHESSE. — Eh !... Vous
craignez tout !...

LA VOIX DU DUC. — Ma chère amie, il y
a des gens très braves qui redoutent ces
reptiles... Bayard avait peur des vipères,
et...

LA VOIX DE LA DUCHESSE. — Ah ! je

pense que vous n'allez pas vous installer ici pour me parler de Bayard !...

LA VOIX DU DUC. — J'achève de boutonner mes molletières et je pars....

LA VOIX DE LA DUCHESSE, *énervée*. — Mais emportez donc le tire-bouton !... C'est bien plus simple !...

LA VOIX DU DUC. — Non !... Je n'aurais qu'à le perdre comme j'ai perdu le mien... nous n'en aurions plus !...

LA VOIX DE LA DUCHESSE. — Dépêchez-vous donc !... Je suis sûre que tout le monde vous attend...

LA VOIX DU DUC. — Mais non !... Je parie que pas un ne sera prêt à l'heure, au contraire !... D'ailleurs, j'ai fini !... (*Le duc sort de la chambre de sa femme, traverse le corridor et rentre chez lui. — Ève et Xaintrailles, l'oreille tendue, écoutent les deux portes qui se referment. Au même instant, Juvisy sort de sa chambre*

en costume de chasse et regarde le Duc en
riant...)

XAINTRAILLES. — Mademoiselle... je
vous serai éternellement reconnaissant de
l'immense service que vous m'avez...
que vous nous avez rendu...

ÈVE, *entr'ouvrant la porte et la refer-*
mant brusquement. — Allons !... bon...
les autres, à présent !...

ÈVE *et* XAINTRAILLES, *dans la chambre*
d'Ève. ROBERT, LOUVILLE, JACQUES, *dans*
le corridor. Ils sont en costume de
chasse.

ROBERT. — Où peut-il être ?... Il lui
sera arrivé quelque chose !...

JUVISY. — Qu'est-ce que vous voulez
qu'il lui soit arrivé ?...

ROBERT. — Dame ! je n'en sais rien !...
Où pensez-vous qu'il soit ?...

LOUVILLE. — Son lit n'est même pas défait !...

JACQUES, *vivement.* — Pas défait !... (*A part, regardant furtivement la porte de la Duchesse.*) Est-ce possible ?...

LOUVILLE, *apercevant le Duc, qui sort de sa chambre en arrangeant ses cartouches dans sa ceinture.* — Ah !... voici Jurieu !...

JUVISY, *bas aux autres.* — Devinez un peu qui je viens de voir sortir de chez sa femme ?... Je vous le donne en mille ?... (*Mouvement de Jacques.*) J'aime autant vous le dire... Vous ne trouveriez pas !...

JACQUES, *brusquement.* — Qui ?...

JUVISY, *riant.* — Jurieu lui-même !... Est-ce drôle ?...

JACQUES, *rassuré, à part* — Ah !...

LOUVILLE, *stupéfait.* — Pas possible!... Oh !... Je le dirai à Moray !...

JACQUES, *étonné*. — A Moray?... Pourquoi à Moray ?...

JUVISY. — Dame !... à Florence !... Comment !... Vous n'en saviez rien ?...

JACQUES, *troublé*. — Eh ! parbleu !... Vous n'en savez rien non plus !... Si on écoutait tous les potins !...

LE DUC, *relevant le nez et voyant les chasseurs*. — On part ?...

JUVISY. — Non !... Nous cherchons Xaintrailles qui est perdu !...

LE DUC. — C'est le *Bijou perdu !...* Vous ne connaissez pas ça, vous autres, vous êtes trop jeunes !... (*Il fredonne.*)

> Ah ! qu'il fait donc bon !
> Qu'il fait donc bon, cueillir la fraise !

C'était madame Cabel qui chantait ça !... et ce qu'elle était jolie !...

ROBERT. — Vous ne l'avez pas retrouvé, par hasard ?...

LE DUC. — Mon tire-bouton ?... Pas du tout !... Est-ce vous qui l'avez pris ?

LOUVILLE, *à part.* — Il est fou !... Voilà ce que c'est que de faire des bêtises quand on n'en a plus l'habitude !...

JACQUES, *agacé.* — Xaintrailles est peut-être en bas à nous attendre ! (*Il descend. — Tous le suivent.*)

LE DUC, *fermant la marche.* — Je ne pouvais pas mettre mes molletières sans lui et, pour rien au monde, je n'aurais chassé sans molletières... ces sols herbeux et caillouteux sont fréquentés par des vipères qui... (*Il disparaît dans l'escalier.*)

ÈVE, *à Xaintrailles.* — Maintenant, vous pouvez partir !...

XAINTRAILLES. — Mais, Mademoiselle... ils sont là !... C'est impossible !... Si par malheur on me voyait sortir de chez vous, on croirait...

ÈVE, *brusquement.* — Qu'est-ce qu'on

croirait ? (*Réfléchissant, nerveuse.*) Ah !
je n'envisageais ceci que comme une niaiserie sans gravité... et il paraît... (*Toisant Xaintrailles.*) Allons donc ! qu'est-ce
qu'on pourrait croire, après tout ?...

XAINTRAILLES, *embarrassé.* — Mon
Dieu, Mademoiselle... en me voyant sortir de chez vous... à pareille heure... on
supposerait naturellement...

ÈVE. — Naturellement !... Ah ! vous
trouvez ça naturel, vous ?... (*Mouvement
des chasseurs dans le corridor.*)

XAINTRAILLES. — Robert est là, Mademoiselle !... J'entends sa voix... Il est très
important qu'il ne me voie pas sortir
d'ici, car enfin...

ÈVE, *atterrée.* — Comment!... lui aussi
s'imaginerait...

XAINTRAILLES. — Je serais désespéré,
Mademoiselle, de... enfin si votre mariage
manquait... si...

ÈVE, *vivement*. — Mais je ne veux pas qu'il manque, mon mariage !... Grand'-mère aurait beaucoup de chagrin... et ce pauvre Robert, donc !... (*Illuminée.*) J'ai une idée !... vous allez sortir d'ici très facilement...

XAINTRAILLES. — Comment ?... Il y a une autre issue ?...

ÈVE. — La fenêtre... (*Elle va pour l'ouvrir.*)

XAINTRAILLES, *saisi*. — La fenêtre !... Mais nous sommes au premier, Mademoiselle !... et quel premier !... Un étage du temps de Charles IX !... C'est-à-dire trois de maintenant !...

ÈVE, *ouvrant la fenêtre*. — Mais, pas du tout !... Regardez donc !... Quand vous serez pendu par les mains, vous ne serez guère qu'à trois mètres de terre...

XAINTRAILLES, *terrifié*. — Trois mètres !...

ÈVE. — Et la corbeille qui est sous la fenêtre a été retournée hier... Elle ost toute molle...

XAINTRAILLES, *regardant*. — Fichtre!... Mais voyez donc, Mademoiselle !... C'est effrayant !...

ÈVE, *se penchant*. — C'est peut-être un peu haut... mais il y a autre chose...

XAINTRAILLES, *intéressé*. — Ah ! j'aime mieux autre chose...

، ÈVE. — Toute la façade est sculptée... Vous ne sauterez pas, vous descendrez...

XAINTRAILLES. — Mais je ne peux pas marcher contre les murs comme une mouche !... Et quand je serai dans le jardin, qu'est-ce que je ferai ?... Et si je me tue, comme c'est probable, sous votre fenêtre... ce sera pis encore !...

ÈVE. — Vous tuer ?... Jamais !... (*Elle le regarde.*) Tenez, ne descendez pas... il

y a une grosse corniche... une corniche
énorme !... suivez-la jusqu'au balcon qui
donne sur l'escalier... Là, vous appellerez
ces messieurs... Vous direz que vous avez
été enfermé par le vent... que vous étiez
venu respirer et que...

XAINTRAILLES. — Respirer à cinq
heures du matin... par deux degrés de
froid ?... Ils me connaissent, ça leur pa-
raîtra d'une invraisemblance...

ÈVE, *brusque*. — Eh ! vous direz ce que
vous voudrez !... Vous préparerez ça en
route !... (*Nerveuse.*) Ça m'est bien égal,
après tout !...

XAINTRAILLES. — Mais si on devine ?...

ÈVE, *de plus en plus nerveuse*. — On
devinera... je n'y peux rien !... D'ailleurs,
monsieur de Jurieu a une telle confiance
en sa femme qu'il ne croira rien de fâ-
cheux !...

XAINTRAILLES, *distrait*. — Jurieu...

oui... mais Moray, c'est autre chose... et quand il saura...

ÈVE, *saisie*. — Comment ?... monsieur Moray...

XAINTRAILLES, *toujours distrait*. — Il sera exaspéré... par amour-propre, car au fond, il s'en soucie à présent comme d'une guigne, de la Duchesse !... (*S'arrêtant brusquement.*) Ah ! je suis si troublé, si stupide, que je ne sais plus ce que je dis...

ÈVE, *sérieuse*. — J'ignorais que monsieur Moray eût aussi le droit de s'inquiéter de la conduite de madame de Jurieu... Mais, cela étant, vous avez raison, il faut éviter qu'il se doute de rien... Allons !... il n'y a plus à hésiter... décidez-vous !...

XAINTRAILLES, *terrifié*. — C'est que... (*Il enjambe l'appui de la fenêtre.*) je ne puis même pas poser mon pied d'aplomb, ainsi jugez !...

ÈVE. — Ce sont vos belles pantoufles en or qui vous gênent !... (*Elle rit.*) Otez-les... Vous pourrez mieux pincer la corniche...

XAINTRAILLES, *ôtant ses pantoufles.* — Pincer, pincer, c'est facile à dire...

ÈVE. — Voulez-vous que j'aille jusqu'au balcon et je reviendrai... pour vous montrer... (*Elle va pour monter sur la fenêtre. Juvisy, Robert et Louville paraissent au fond du corridor.*)

ROBERT, *à Juvisy.* — Eh bien, puisque tes cartouches sont pareilles aux miennes, si tu peux m'en donner quelques-unes ?... (*Ils entrent chez Juvisy.*)

XAINTRAILLES. — Gardez-vous-en bien, mademoiselle !... Je préférerais me tuer cent fois plutôt que vous voir vous exposer...

ÈVE. — Allons !... un peu de courage, Monsieur de Xaintrailles !...

XAINTRAILLES, *posant un pied sur la corniche et le retirant brusquement.* — Brrr !... c'est glacial, cette pierre !... Mademoiselle, je vous jure que je ne suis pas poltron !... Mais cette fenêtre, ce froid, ce vide, cette obscurité... tout ça m'impressionne si atroçement que je me sens paralysé... Je vais certainement tomber...

ÈVE, *agacée.* — Ah !... vous n'avez guère de ressort !...

XAINTRAILLES, *ramassant machinalement ses pantoufles et les tenant à la main.* — Accablez-moi, Mademoiselle !... Je suis à tout jamais ridicule à vos yeux... je suis perdu dans votre esprit...

ÈVE. — Ne poussez donc pas les choses au noir !... Je les vois en rose, moi !... (*Éclatant de rire.*) et, en vous regardant, je me dis...

XAINTRAILLES. — Vous vous dites ?...

ÈVE, *riant toujours* — Que je vais tout simplement vous faire sortir par la porte...

XAINTRAILLES. — Oh! Mademoiselle!... Vous compromettre !...

ÈVE, *sèchement.* — Ça me regarde !... D'ailleurs, on n'entend plus rien !... (*Elle entr'ouvre la porte.*) Le corridor est vide... Allons, sortez vite !...

XAINTRAILLES, *sautant dans ses pantoufles et ramassant son pardessus et sa casquette.* — Je sors... Mademoiselle... je sors !... (*Au moment où il sort, Juvisy ouvre sa porte pour faire passer Robert et Louville, mais ils s'arrêtent stupéfaits à la vue d'Ève et de Xaintrailles qui, eux, ne les ont pas vus. Xaintrailles s'éloigne à pas de loup. Ève rentre chez elle.*)

III

*Une grande galerie, au milieu de la-
quelle est un poirier du Japon en
fleurs, planté dans une caisse de faïence.
Divans, paravents, sièges de toutes espèces. Fleurs en caisses, arbustes, peaux
de bêtes, piles de coussins, etc.*

Ève, *montée sur une grande échelle,
attache des étoiles lumineuses à l'arbre de
Noël.*

Ève, *à Moray qui vient d'entrer et se
promène sans la voir.* — Eh bien, vous ne
me dites pas bonjour ?...

MORAY, *levant le nez.* — Dame, je ne vous savais pas perchée au haut d'un arbre, moi !... (*Il regarde Ève, qui lui sourit au milieu des fleurs*) Vous êtes un très joli petit oiseau, Mademoiselle Ève!...

ÈVE. — Au lieu de me faire des compliments, vous devriez m'aider ?...

MORAY, *en lui-même.* — Je devrais surtout filer d'ici !... Voilà ce que je devrais faire si j'étais raisonnable... (*Il regarde Ève.*) et je ne peux pas m'y décider !... Je ne peux pas !...

ÈVE. — Vous ne voulez pas ?...

MORAY. — Qu'est-ce que je ne veux pas ?...

ÈVE. — M'aider ?...

MORAY. — Mais je ne demande que ça !... (*Il va à l'échelle*) Qu'est-ce qu'il faut faire ?...

LOUVILLE, JUVISY, LOULOU, LA MAR-

QUISE, LA CHANOINESSE, XAINTRAILLES, LE DUC, JACQUES, *entrent les uns après les autres ou par groupes espacés.*

LOULOU. — Comment !... On travaille déjà ?...

ÈVE. — Déjà !... Il est onze heures et demie !... On va déjeuner à midi, et quand les Brizieux et les Livry seront là, je ne pourrai plus faire grand'chose... (*Juvisy et Louville examinent Ève curieusement.*)

LA MARQUISE, *à Ève.* — Compliments, fillette !... Ton arbre est très réussi !...

MORAY. — C'est vrai !... Au lieu de l'arbre de Noël traditionnel et bête, vous trouvez moyen de faire quelque chose de charmant !... Qu'est-ce que c'est que cet arbre-là ?...

ÈVE. — Un poirier du Japon !... Il est joli, n'est-ce pas ?... Un sapin, c'est affreux !... On se croit au cimetière... Tandis que ça, c'est gai, ça sent bon...

XAINTRAILLES, *entrant*. — Ça fait penser au printemps !... (*Mouvement de Juvisy et de Louville.*)

ÈVE, *à Xaintrailles*. — Comment, vous n'êtes pas à Paris ?...

XAINTRAILLES. — Non, Mademoiselle... Madame de Chavannes veut y aller aussi... Nous ne partons qu'après le déjeuner...

LA MARQUISE. — C'est cette pauvre Suzanne qui est allée à Paris ce matin !... Sa mère est beaucoup plus souffrante... Je crains bien qu'elle ne soit pas des nôtres aujourd'hui...

ÈVE. — Ah !... Madame de Jurieu est partie !... (*A part.*) Comme je la reconnais bien là !...

JUVISY, *bas à Louville, montrant Ève.* — Elle est inouïe !...

LOUVILLE. — Renversante !...

ÈVE. — Alors, personne ne m'aide !...

XAINTRAILLES, *se précipitant.* — Moi,
Mademoiselle !...

ÈVE. — Eh bien, montez sur l'é-
chelle !...

XAINTRAILLES, *s'élançant pour monter à l'échelle où est Ève.* — Avec
joie !...

ÈVE. — Mais non !... Mais non !...
Pas sur ma branche... Là, sur l'autre...
en face de moi...

XAINTRAILLES, *ravi.* — En face de
vous ?... Je veux bien !... (*Il monte.
Moray, hausse les épaules et s'éloigne
d'un air agacé.*)

ÈVE. — Avant de monter, prenez le
panier des rubans...

XAINTRAILLES. — Le panier des rubans ?... avec plaisir, Mademoiselle...
avec un véritable plaisir... (*Il regarde

autour de lui.) Voulez-vous seulement me dire où je dois le prendre, le panier des rubans ?...

ÈVE, *affairée, attachant une étoile à une branche.* — Mais je ne sais pas, moi !... Cherchez à terre... ou sur un meuble...

XAINTRAILLES, *assujettissant son monocle et cherchant fiévreusement.* — Voilà, Mademoiselle !... *(A part.)* Adorable !... elle est adorable... *(Haut.)* Voilà !... je cherche... *(A part.)* mais je ne trouve pas... *(Loulou va chercher le panier qui est posé sur une table et le donne à Xaintrailles, qu'elle regarde avec admiration.)*

XAINTRAILLES, *se confondant en saluts.* — Que je vous remercie, Mademoiselle !... Que je vous remercie !... *(A part.)* Elle est insupportable, cette petite, mais elle a de bons sentiments... *(Il

monte péniblement sur l'échelle et essaye
de hisser le panier en le tirant par une
des anses.)

LA CHANOINESSE. — Bravo !... bravo
monsieur de Xaintrailles !...

MORAY, *riant aussi.* — Très gracieux!...

XAINTRAILLES, *arrêté sur le troisième*
échelon, tenant toujours son panier sus-
pendu dans le vide. — Eh bien, quand
vous serez tous à rire !... Si vous croyez
que ça ne m'est pas bien égal !... (*A*
part.) Ça ne m'est pas égal du tout !...

COLETTE, *entrant.* — Me voilà, moi !...
(*A Xaintrailles.*) Ah ! vous m'avez at-
tendue pour aller à Paris... C'est gentil,
ça !... J'avais entendu rouler une voiture et je croyais...

LE DUC. — C'est ma femme qui est
partie ce matin... Elle a reçu de mauvaises nouvelles de sa mère...

COLETTE. — Rien de grave ?...

LE DUC. — Non !... Une crise nerveuse comme les autres... Mais quand elle est souffrante, madame de Trène aime à avoir Suzanne près d'elle... Elle va probablement la garder quelques jours à Paris...

ÈVE, *à Xaintrailles.* — Donnez-moi un ruban zinzolin, voulez-vous ?... C'est pour attacher le mouton mécanique de Guy...

XAINTRAILLES, *fouillant dans le panier.* — Voilà, Mademoiselle...

ÈVE, *rejetant le ruban.* — Mais il n'est pas zinzolin, ce ruban ?... Il est moutarde !...

XAINTRAILLES, *désappointé.* — Moutarde ?... Oh !... êtes-vous sûre ?...

ÈVE, *riant.* — Absolument !... Cherchez-en un zinzolin pour le mouton... et un autre vert atlantide pour la poupée de Lily... celle qui dit papa et maman...

COLETTE, *à Ève.* — Tu sais... j'ai interdit à Guy et à Lily d'entrer ici avant ce soir...

ÈVE. — Bien entendu !... (*A Xaintrailles.*) Eh bien, mes rubans ?...

XAINTRAILLES, *ahuri, fouillant désespérément au milieu des rubans entrelacés.* — Zinzolin et vert atlantide... Seigneur !.. qu'est-ce que ça peut bien être, ces couleurs-là ?... (*Tirant sur les rubans emmêlés.*) Ça file comme du macaroni !... Impossible de s'y retrouver !

LOULOU, *debout sur l'échelle.* — Là !... Voyez-vous ?... Celui qui pend... et puis l'autre... à cheval sur l'anse de la corbeille...

XAINTRAILLES, *ravi.* — Merci, Mademoiselle, merci !... (*A part.*) Cette petite est comme une mère pour moi !... (*Il tire le ruban zinzolin et le passe à Ève.*) Voici, Mademoiselle, le ruban vert atlantide pour le mouton qui dit papa et maman...

ÈVE, *riant*. — Allons !... Il faut y renoncer !... Alors, regardez faire, voilà tout !...

XAINTRAILLES. — Vous regarder ?... Ah ! je ne demande pas mieux !... A la bonne heure !... Voilà un genre d'occupation que je comprends !...

COLETTE. — Vous êtes un contemplatif !...

LOUVILLE, *à Juvisy, montrant Xaintrailles*. — Il a aussi un petit aplomb qui se porte bien...

JUVISY. — Oui... mais c'est son rôle !... Tandis que elle... Mariez-vous donc !...

LOUVILLE. — C'est fantastique !... Je me demande si nous n'avons pas rêvé !...

JUVISY. — Robert doit être désespéré !...

LOUVILLE. — Je ne l'ai pas vu ce matin... Il est peut-être parti !... (*Un temps.*) Tu ne sais pas à quoi je pense, depuis un instant ?...

JUVISY. — A quoi ?...

LOUVILLE. — Si c'était par accident que Xaintrailles se trouvait là ?... ou si nous nous étions trompés ?...

JUVISY. — Oh !... nous avons bien vu !... Non, c'est encore une illusion qui s'en va !... (*Il regarde Ève.*) Et, celle-là, c'est vraiment dommage !...

ÈVE, *descendant de son échelle.* — Voilà qui est fait !... (*Elle recule pour admirer l'arbre.*)

LOULOU. — Pour un bel arbre, c'est un bel arbre !...

ÈVE, *à Robert qui entre, lui montrant l'arbre de Noël.* — Bonjour, Robert !... Tenez !... regardez-le ?... Et dites s'il est beau ?...

ROBERT, *froidement.* — Superbe !...

ÈVE. — On dirait que vous ne l'admirez pas de bon cœur... (*Elle regarde attentivement Robert*) Qu'est-ce que vous avez ?...

ROBERT, *d'un ton glacial.* — Rien...

ÈVE. — Mais ce n'est pas possible, vous avez quelque chose ?...

LOUVILLE, *à Juvisy.* — Patatras !... Voilà les explications qui vont commencer ?...

LA MARQUISE, *à Robert.* — En effet !... vous êtes tout pâle... Qu'est-ce que vous avez donc ?...

ROBERT. — Mais rien, je vous assure...

ÈVE, *à part.* — Il sait quelque chose !...

XAINTRAILLES, *s'approchant d'Ève et lui parlant à demi-voix.* — Mademoiselle, je vais à Paris tout à l'heure, vous le savez ?... Dois-je prendre, pour ne pas revenir, un prétexte quelconque ?... J'attends vos ordres...

ROBERT, *à part*. — Il lui parle bas !... *(Il fait un mouvement pour courir à eux et se contient.)*

ÈVE, *à Xaintrailles, à demi-voix*. — Non, revenez... Je vous ai dit que je ne me souviendrais de rien...

LA MARQUISE. — Voilà le second coup du déjeuner... *(Elle prend le bras du duc. Xaintrailles offre le sien à Colette, Louville à la chanoinesse, Juvisy à Loulou. Ils sortent pendant la fin de la scène.)*

ÈVE, *à part, regardant Robert.* — Pauvre Robert !... il faut que je le rassure !... Mais comment ?... Ai-je le droit de parler ?... Non... pas même à lui, je ne puis révéler une chose qui m'a été confiée... *(Tristement.)* Qu'est-ce que je vais lui dire ?...

MORAY, *allant à Ève et lui offrant le*

bras. — Puisque Robert n'use pas de son droit... permettez-moi de...

ROBERT. — Moi ?... Ah ! pardon !... Vous aviez raison... je ne suis pas très bien... Je ne déjeunerai pas !... Voulez-vous m'excuser auprès de madame de Griges... Je ne sais ce que j'ai...

ÈVE. — Je le sais, moi !... (*Elle quitte le bras de Moray.*) J'ai à parler à Robert... à lui parler sérieusement... Vous m'excuserez aussi...

MORAY, *inquiet.* — Allons ! bon !... Qu'est-ce qu'il y a encore ?...

ÈVE, *s'efforçant de sourire.* — Rien, j'espère... (*Elle pousse doucement Moray vers la porte.*)

MORAY. — C'est bon, c'est bon ! Je m'en vais !...

ÈVE, *allant à Robert.* — Qu'est-ce qu'on vous a dit ?...

ROBERT. — Rien...

ÈVE. — Enfin, vous savez ce qui est arrivé cette nuit, n'est-ce pas ?...

ROBERT, *avec emportement.* — Vous avouez ?...

ÈVE, *très calme.* — J'avoue... quoi ?...

ROBERT. — Que Xaintrailles a passé la nuit dans votre chambre ?...

ÈVE. — Monsieur de Xaintrailles n'a pas passé la nuit chez moi... il y est entré à trois heures et demie...

ROBERT. — Et il en est sorti à quatre heures ?... est-ce exact ?..

ÈVE. — Parfaitement exact... On vous a très bien renseigné...

ROBERT. — On ne m'a pas renseigné, j'ai vu...

ÈVE. — Ah !...

ROBERT, *vivement.* — Je ne vous épiais pas !... Car Dieu sait que je ne soupçonnais rien !... Non, je sortais avec Juvisy

et Louville de la chambre de Juvisy, qui
est en face de la vôtre... et nous vous
avons vue !... (*Durement.*) Quelle
honte !... (*Il s'assoit à droite.*)

ÈVE, *grave.* — Oui, vous avez raison,
quelle honte !...

ROBERT, *se relevant.* — Si au moins
vous aviez été franche !... Si, au lieu de
vous laisser fiancer à moi, vous aviez dit
à votre grand'mère le motif de vos hésitations...

ÈVE. — Le motif ?...

ROBERT. — Oui !... Si étrange que cette
passion eût pu lui paraître, si contraire
qu'elle fût à ses idées, elle...

ÈVE. — Pardon... il y a ici un malen-
tendu... Je n'ai pas plus de passion pour
monsieur de Xaintrailles qu'il n'a de passion pour moi...

ROBERT. — Enfin, il veut vous épouser,
et, dans ce but, il vous a compromise...

ÈVE. — Pas davantage... Monsieur de Xaintrailles a été... amené chez moi cette nuit par une circonstance indépendante de sa volonté... et de la mienne... (*Robert sourit.*) Oh ! cela vous paraît invraisemblable !... à moi aussi... Et pourtant c'est comme ça...

ROBERT. — Enfin, m'expliquerez-vous...

ÈVE. — Je ne peux rien vous expliquer !...

ROBERT, *s'emportant.* — J'ai cependant le droit d'exiger que vous parliez...

ÈVE. — Je n'ai pas, moi, le droit de parler... Je ne peux vous dire qu'une chose : monsieur de Xaintrailles n'est pas venu chez moi dans l'intention que vous lui supposez... il n'y est pas venu pour moi...

ROBERT, *ricanant.* — Prétendriez-vous qu'il y soit allé pour une autre ?...

ÈVE. — Je ne prétends rien !... Je suis très malheureuse, Robert... très malheureuse surtout de la peine que je vous fais... Mais toujours digne de votre affection... Cela, je vous le promets...

ROBERT. — Et vous espérez que vos affirmations me suffiront ?...

ÈVE. — Non, je ne l'espère pas... et je vous rends votre liberté... (*Un temps.*) Seulement, je vous en prie, que grand'-mère ne sache pas pourquoi notre mariage est rompu ?... Cherchons ensemble un prétexte?... Je voudrais tant lui épargner cet horrible chagrin !...

ROBERT. — C'est-à-dire que vous voulez cacher la vérité... afin de trouver à ma place une autre dupe...

ÈVE. — Ah !... Taisez-vous !... Personne n'a le droit de me parler comme vous le faites, entendez-vous, personne !

ROBERT. — Si... car plus je pense à ce

qui s'est passé, plus je crois que vous vous jouez de moi !... Pourquoi êtes-vous montée plus tôt chez vous hier soir ?... Pourquoi vous...

JACQUES, *entre vivement.* — Colette et Xaintrailles partent !... Colette demande si tu n'as pas d'autres commissions... Ah çà !... Qu'est-ce que vous avez donc tous les deux ?...

LA MARQUISE, *entrant derrière Jacques.* — Eh bien, eh bien, qu'est-ce qu'il y a donc ?...

ÈVE, *courant à elle.* — Il y a, Grand'-mère, que je viens de rendre à Robert sa parole...

JACQUES, *saisi.* — Es-tu folle ?...

LA MARQUISE. — Allons donc !... une querelle d'amoureux... une plaisanterie !...

ROBERT. — Hélas ! non !...

JACQUES, *bourru, à Ève.* — Qu'est-ce encore que cette nouvelle lubie ?... Allons, parle !...

ÈVE. — Robert me soupçonne... injustement, mais non sans raison apparente... Et comme je ne peux pas lui prouver que je suis innocente de ce dont il m'accuse... je lui rends sa parole... voilà !...

LA MARQUISE. — De quoi t'accuse-t-il ?...

ÈVE. — Je viens de supplier Robert de ne pas vous le dire... (*Doucement à Robert.*) je l'en supplie encore ?...

JACQUES. — Tu dis qu'il t'accuse injustement ?... De quoi ?... (*A Robert.*) Elle est étourdie, mais loyale et franche... Je veux savoir ce qui est arrivé !...

ROBERT, *violemment.* — Il est arrivé que cette nuit, à quatre heures, Louville, Juvisy et moi, nous avons vu Ma-

demoiselle reconduire Xaintrailles qui
sortait de sa chambre !... Est-ce suffi-
sant ?...

JACQUES, *à part, regardant sa sœur qui
reste muette.* — C'est impossible !...

LA MARQUISE, *atterrée.* — Mais défends-
toi donc !... Dis-lui donc que ça n'est pas
vrai !...

ÈVE. — C'est vrai !...

LA MARQUISE. — Mon Dieu !... Ah ! ce
Xaintrailles !... je vais...

ÈVE, *l'arrêtant.* — Monsieur de Xaintrailles n'est pas ici... et vous ne lui direz
rien, Grand'mère... C'est... (*Elle cherche
ses mots.*) malgré lui qu'il est entré dans
ma chambre...

LA MARQUISE. — Comment ?... ce serait toi qui... Pourquoi ne nous as-tu pas
dit ça plus tôt ?... Mais c'est impossible...
(*Atterrée.*) Xaintrailles !...

ÈVE. — Ah ! vous êtes comme Ro-

bert !... vous pensez que j'ai une passion
pour monsieur de Xaintrailles ?... Non!...
Rassurez-vous... c'est un hasard qui l'a
amené chez moi !

LA MARQUISE. — Quel hasard ?... Tu ne
nous laisseras pas ainsi dans l'anxiété...
Tu vas nous dire...

ÈVE, *avec découragement.* — Je ne
peux pas !...

LA MARQUISE, *menaçante.* — Je t'or-
donne de parler...

JACQUES, *s'élançant vers la marquise.*
— Grand'mère !...

ÈVE, *à la marquise.* — Mon pauvre
papa m'a dit souvent, pour me garder des
petites coquetteries et des petites fausse-
tés qu'on reproche aux femmes : « Sou-
viens-toi qu'il ne suffit pas d'être une
honnête fille, il faut aussi être un *honnête
homme...* »... N'est-ce pas, grand'mère,
il me disait ça ?...

LA MARQUISE. — Oui... mais quel rapport...

ÈVE. — Eh bien, je suis un honnête homme !... Supposez que j'aie promis de ne pas parler ?...

JACQUES, *à part.* — J'en étais sûr !...

ÈVE. — Me conseilleriez-vous de manquer à ma promesse ?...

LA MARQUISE, *brusquement.* — Certainement !...

ÈVE, *allant à la marquise.* — Non !... Vous ne pensez pas ce que vous dites... Pardonnez-moi... Vous savez que je vous aime bien, que je suis désespérée de vous faire de la peine...

LA MARQUISE, *la repoussant.* — Laisse-moi! (*Ève s'assoit à gauche, découragée.*)

JACQUES, *la regardant.* — Je la connais !... Elle ne dira rien !... (*Il remonte vers Robert et la marquise.*)

ÈVE, *en elle-même.* — Ainsi... ils

croient tous que j'ai donné rendez-vous à monsieur de Xaintrailles !... Ils croient que je l'aime !... (*Souriant tristement.*) Ce grotesque !... Je le verrai toujours, ses pantoufles en or à la main et ses armes sur son cœur !... Si je leur disais !... Mais non !... (*Avec désespoir.*) Je ne peux pas !... Ah ! qu'elle est habile, cette Suzanne !... Comme elle a bien compris ce qu'elle faisait en me prenant de force pour confidente, et en partant après cela ! Car enfin, je ne peux pas parler en son absence... Ce serait mal !... Pourtant, le chagrin de Grand'mère me fait tant de peine !... (*Regardant Jacques qui paraît inquiet et agité.*) Et Jacques, qui sait la vérité, et qui se tait pour que madame de Jurieu ne soit pas compromise... Quant à Robert, son grand amour s'est vite envolé... (*Pensive.*) L'amour ?... Tout à l'heure, Robert m'injuriait en son nom, et en son nom aussi Jacques me laisse accuser sans me défendre !... (*Avec désespoir.*) Oh !... cette Suzanne !... Je la déteste !... Je l'ai détestée toujours !... Quand j'étais petite, elle me volait l'affection de Grand'mère, qui lui croyait les qualités que je n'ai pas !... Aujourd'hui, elle manque à son devoir, moi je fais le mien... C'est elle qu'on respecte et qu'on adore, c'est moi qu'on soupçonne et qu'on n'aime plus !... (*Violemment.*) Comment marcher droit en voyant de telles choses ?... (*Elle se lève et va pour sortir.*)

LA MARQUISE, *la suivant.* — Ève... parle-nous... Je t'en prie ?...

ÈVE. — A quoi bon ?... Je ne peux rien vous dire !... (*Elle s'en va.*)

LA MARQUISE. — Si Colette était là, au moins !... Peut-être parviendrait-elle à la faire parler ?...

ROBERT. — Peut-être aussi sait-elle que Ève aimait Xaintrailles...

JACQUES, *protestant.* — Ève aimer Xaintrailles ?... Allons donc !...

ROBERT. — Mais alors... Comment expliques-tu que... ?

JACQUES. — Eh ! parbleu ! je ne l'explique pas!... (*Embarrassé.*) Il y a au fond de tout ça... je ne sais quoi... (*Ève paraît au fond chargée de joujoux et se retire en voyant qu'il y a quelqu'un dans le salon.*)

LA MARQUISE. — Elle s'occupe tranquillement de l'arbre de Noël... Elle a l'air d'avoir la conscience aussi tranquille que moi !...

ROBERT. — Mais enfin, les faits sont là !...

LA MARQUISE, *remontant au fond.* — Pauvre petite !... Son attitude n'est pas celle d'une coupable... et cependant...

(Elle sort suivie de Robert et de Jacques.)

LA CHANOINESSE, *puis LOULOU*

LA CHANOINESSE, *regardant sa montre.*
— Cinq heures et demie !... Ils ne vont pas tarder à revenir de Paris,... Et sans doute monsieur de Xaintrailles entrera ici pour me remettre lui-même ma musique ?... Il est si poli !... si charmant !... *(Elle soupire)* Pourquoi faut-il qu'il soit si timide ?... *(Elle prend une guitare qui est posée sur le piano et pince quelques accords.)* On a beau dire... il n'y a encore que la guitare pour faire valoir la main *(Elle se cambre.)* et le buste...

LOULOU, *elle entre furtivement.* — Il est tard !... Ils vont rentrer !... Pourvu qu'il ait pensé à mes tourterelles !... Je vais l'attendre ici, au passage... comme ça...

LA CHANOINESSE, *à part.* — Allons !... bon, cette petite à présent !...

LOULOU, *à part.* — La cousine Éléonore et sa guitare !... C'est complet !...

LA CHANOINESSE, *à part.* — Est-ce qu'elle ne va pas s'en aller ?... (*Haut.*) Tu cherches quelque chose ?...

LOULOU. — Et vous, Cousine ?.... (*A part.*) On dirait que je la gêne !...

LA CHANOINESSE. — Tu ne t'habilles pas pour le dîner ?...

LOULOU, *scandalisée.* — Comment, je ne m'habille pas ?... Ah bien !... en voilà une sévère !... (*Montrant sa robe.*) C'est mon numéro deux, avec une petite lucarne de peau !...

LA CHANOINESSE. — Ah ! bon !... Je ne voyais pas !...

LOULOU. — C'est vous qui êtes belle, Cousine !... Oh ! mais là, flambante !...

LA CHANOINESSE, *posant sa guitare avec humeur*. — Impossible d'étudier au milieu de ce bruit !...

LOULOU, *moqueuse*. — Vous voudriez bien que je m'en aille, hein ?... Voulez-vous que je vous dise pourquoi ?...

LA CHANOINESSE. — Mais non...

LOULOU, *harcelante*. — Eh bien! je vous le dirai tout de même, na ! (*Les domestiques apportent les lampes.*) Quand les domestiques seront partis !...

LA CHANOINESSE. — En vérité, tu es insupportable !... Je le dirai à ta Grand'-mère...

LOULOU. — Moucharder !... Vous ne voudriez pas !... (*Les domestiques sortent.*) Et, d'abord, quel mal y a-t-il à deviner que vous attendez monsieur de Xaintrailles... et que je vous gêne ?...

LA CHANOINESSE, *vexée*. — Mais je...

LOULOU. — Oh ! ne vous en défendez

donc pas !... (*S'installant dans une grande bergère.*) Je l'attends bien, moi !...

LA CHANOINESSE. — Toi ?...

LOULOU. — Et je ne m'en cache pas !...

LA CHANOINESSE. — Moi non plus !... seulement, ce n'est pas monsieur de Xaintrailles que j'attends,... mais la musique qu'il doit me rapporter...

LOULOU. — Convenu !... Moi aussi, dans ce cas-là !... C'est pas lui que j'attends, c'est mes oiseaux !... Alors, comme ça, sérieusement, il vous rapporte de la musique, monsieur de Xaintrailles ?... de la musique nouvelle.

LA CHANOINESSE. — Naturellement... Pourquoi ?...

LOULOU. — Parce que ça nous changera !... comment, nous n'entendrons plus les romances de monsieur de Carayon-Latour ?... (*Elle saisit la guitare et chante.*)

Il faut partir ! Allah... me le commande !

Ou encore :

Gastibelza, l'homme à la carabine,
Chantait ainsi : Quelqu'un a-t-il connu
Doña Sabine...

LA CHANOINESSE, *agacée.* — Laisse donc !... Tu vas fausser cet instrument !... (*Elle veut lui enlever la guitare.*)

LOULOU, *se sauvant autour de l'arbre de Noël.* — Oh ! là là... Avec ça que je ne sais pas en gratter aussi bien qu'une autre !... Comment !... nous n'entendrons plus les vieilles amies de tous les soirs !... « *Mœris* » surtout !... il me semble que je ne pourrai pas m'endormir si je n'ai pas entendu Mœris !... J'y suis tellement habituée !... (*Elle chante en faisant des mines et en imitant la chanoinesse.*)

Mais d'où me vient tant de langueur,
Qui peut causer le chagrin que j'ignore ?...

(*Elle achève le couplet, la chanoinesse
se lève.*) Où allez-vous, Cousine ?...

LA CHANOINESSE, *énervée.* — J'aime
mieux m'en aller !...

LOULOU, *la poursuivant.* — Et le second couplet !... C'est le plus joli !...
(*Elle sort en chantant derrière la chanoinesse.*)

ÈVE, *elle entre par la porte de droite.* —
Enfin !... Elles sont parties !... (*Elle s'approche de l'arbre de Noël et achève d'attacher les joujoux.*) Pauvre Grand'-
mère !... Je voudrais tant qu'elle sût la
vérité !... Mais aussi, comment peut-elle
douter de moi ?... Comment ne devine-
t-elle pas que... (*Amèrement.*) Ah ! j'ou-

blie toujours que madame de Jurieu est
une sainte, qu'elle n'a pas des allures
évaporées, elle, tandis que moi ?... (*Un
temps.*) Voilà l'arbre de Noël qui est ter-
miné !... Je me faisais une fête de voir la
joie des petits !... (*Apercevant Moray qui
entre.*) Monsieur Moray !... Lui qui prétend que je suis meilleure et plus droite
que les autres jeunes filles, qui m'appelle
en riant *Le chevalier Ève !*... Le chevalier Ève !... oui, c'est bien ça !... Ah !
pourquoi mon pauvre papa m'a-t-il
élevée dans le respect de la parole
donnée !... Je voudrais tant pouvoir
parler !... (*Moray s'approche, elle
prend une expression indifférente.*) Je
ne veux pas qu'il sache que je suis malheureuse, lui !... Je ne le veux pas !...
(*Elle semble très occupée à arranger les
joujoux.*)

MORAY, *à part, la regardant.* — Quelle

bizarre nature !... Elle est calme, souriante... Moi, je suis bouleversé !... Il faut avouer que madame de Griges me charge là d'une singulière commission !... Je n'ai pas osé refuser... Quel prétexte donner ?... Je ne pouvais pourtant pas lui répondre : « Je ne veux pas parler à votre petite-fille, parce que je l'aime, parce que je l'aime comme un imbécile !... » (*Un temps.*) A mon âge !... c'est fou !... Mais c'est comme ça !... Quinze jours passés auprès d'elle, il n'en a pas fallu davantage !... J'aurais dû me sauver dès que je me suis rendu compte de ce qui se machinait dans ma vieille cervelle !... Je n'ai pas pu !... Et à quoi ça me mènera-t-il ?... A être malheureux comme les pierres !... Franchement, madame de Griges aurait bien dû me laisser à Rome où j'étais si tranquille !... (*Il regarde Ève.*) Elle fait semblant de ne pas me voir !... et je ne sais comment m'y prendre... (*Il tousse.*) Hum !...

ÈVE, *nerveuse, continuant à arranger les rubans et les jouets et essayant de rire.* — Je vois à votre figure que vous savez la grande nouvelle ?...

MORAY, *étonné.* — Vous riez ?...

ÈVE. — Eh oui !... (*A part.*) Je n'en ai pourtant guère envie !...

MORAY, *sérieux.* — Il n'y a pas de quoi rire, cependant...

ÈVE. — Quand ça ne serait que de votre figure de circonstance...

MORAY. — Votre Grand'mère m'a prié de vous voir... (*Cherchant ses mots.*) Elle a exigé que...

ÈVE, *tristement.* — Exigé ?... Étiez-vous donc si peu disposé qu'il ait fallu exiger ?...

MORAY, *embarrassé.* — Non, sans

doute... Mais madame de Griges veut que je vous demande... que je...

ÈVE. — Ah ! j'y suis !... (*Moqueuse.*) J'oubliais que Grand'mère vous croit, avec raison, j'en suis convaincue, un habile diplomate, et elle pense que vous me ferez parler... Est-ce ça ?...

MORAY. — C'est ça même !... (*Sévère.*) Comment est-il possible que, après ce qui s'est passé cette nuit...

ÈVE. — Pardon, ce matin...

MORAY. — Ce matin, soit... Comment se fait-il que vous refusiez d'expliquer votre conduite, non seulement à votre fiancé, mais encore à votre Grand'-mère qui...

ÈVE, *d'un ton de reproche.* — Vous aussi, vous croyez ?...

MORAY. — Mon Dieu, je...

ÈVE, *se montant peu à peu.* — Comment ?... Une fille comme moi, élevée comme je l'ai été, pouvant choisir n'importe qui, à la veille d'épouser un homme qu'elle se figurait aimer... (*Mouvement de Moray.*) est soupçonnée, accusée, abandonnée par son fiancé, parce que, à la suite d'un hasard qu'elle ne peut expliquer, elle a... abrité pendant une demi-heure un imbécile dans sa chambre ?...

MORAY. — Imbécile, imbécile !... D'abord Xaintrailles n'est pas si imbécile que vous voulez bien le dire... Ensuite, il est très élégant... très...

ÈVE. — Ah bien !... si vous l'aviez vu avec ses pantoufles en or !...

MORAY. — Vous dites ?...

ÈVE. — Et ses armes sur son cœur !... Et son jabot Louis XIV... (*Elle rit.*)

MORAY, *décontenancé par cette gaieté.* — En vérité, je ne comprends pas que...

ÈVE. — Mais justement !... Il ne faut pas que l'on comprenne !... Je me tue à le dire !...

MORAY. — Ah !... (*Un temps.*) Xaintrailles vous faisait-il la cour avant cet incident ?...

ÈVE. — Pas le moins du monde...

MORAY, *inquiet.* — Enfin... Vous plaît-il ?...

ÈVE. — Ah ! non ! depuis ce matin surtout !

MORAY. — Comment ?...

ÈVE. — Ce qui ne m'empêche pas de reconnaître que c'est un monsieur très correct...

MORAY. — S'il ne vous plaît pas, convenez qu'il est bizarre de l'avoir choisi...

ÈVE. — Je n'ai rien choisi du tout...

MORAY. — Mais...

ÈVE. — Je ne peux rien vous expliquer, mais je vous assure que...

MORAY, *avec effort.* — Enfin, l'épou-
seriez-vous sans déplaisir ?...

ÈVE. — L'épouser ?... Qui ?... Monsieur de Xaintrailles ?...

MORAY. — Dame !... il me semble que
c'est indiqué...

ÈVE. — Ah ! mais, ça, jamais de la
vie, par exemple !...

MORAY. — C'est cependant le seul
moyen de réparer...

ÈVE. — Réparer ?... Réparer quoi, je
vous prie ?... (*Violemment.*) Ah ! mais,
vous m'agacez avec votre sermon !... Et
d'abord, pourquoi vous mêlez-vous de
ça ?... Vous n'êtes pas assez vieux
pour...

MORAY. — Eh bien !... Répondez à
votre Grand'mère, à votre fiancé qui est
au désespoir...

ÈVE, *nerveuse.* — Ah ! voilà qui m'est
égal !... Un fiancé qui, sur une simple

apparence, accuse celle qu'il prétend aimer...

MORAY. — Comment, vous auriez voulu
que, sans rien savoir, sans rien comprendre, Robert se contentât de...

ÈVE. — De ma parole ?... Mon Dieu,
oui !...

MORAY. — Eh bien ! Mademoiselle, permettez à un ami qui vous aime... (*Très
ému.*) qui vous aime vraiment et profondément... (*Elle le regarde avec attention.*)
de vous dire que jamais, jamais, entendez-vous bien, vous ne rencontrerez
quelqu'un d'aussi confiant...

ÈVE. — Aussi ne me marierai-je vrai-
semblablement pas !...

MORAY. — Ne pas vous marier !... (*Il
la regarde avec admiration.*) ne pas vous
marier, vous ?...

ÈVE, *rageuse.* — Qu'y a-t-il donc là de
si étonnant ?... N'avez-vous jamais ren-

contré de vieilles filles ?... Je serai chanoinesse, comme la cousine Éléonore !... On
m'appellera madame et je prendrai les
allures et les libertés d'une femme... Vous
allez me dire que je n'ai pas attendu
d'être chanoinesse pour m'émanciper...
C'est vrai !... Que voulez-vous ?... Il faut
me pardonner et m'accepter telle que je
suis...

MORAY. — Si vous le vouliez, pourtant,
vous seriez si charmante ?...

ÈVE. — Eh bien, je serai une charmante Chanoinesse !... J'irai dans le
monde !... Oh ! pas souvent !... avec un
grand cordon jaune... toujours comme
celui de la cousine Éléonore... Comme
j'adore les enfants, j'en adopterai... j'aurai des chevaux, des chiens... Enfin, je
m'organiserai une petite existence bien
tranquille...

MORAY, *affectueusement, lui prenant*

les mains. — Voyons... écoutez-moi ?

ÈVE, *le repoussant et de plus en plus rageuse.* — Non !... Si vous croyez que vous êtes amusant dans ce rôle de père noble ?... Vous auriez dû mettre une fausse barbe... une belle barbe blanche !... Vous n'êtes pas dans le ton... (*Elle s'assoit au piano.*) Tenez... l'air du père, dans *La Traviata*... Pour un sermon, c'en est un, hein ?... (*Elle joue.*) Préférez-vous les couplets de Balthazar dans *La Favorite ?*... Ah ! ça n'est pas hésitant comme vous !... C'est plus convaincu !... Voulez-vous que je vous dise ?... Vous manquez de conviction, avouez-le ?...

MORAY, *troublé.* — Mais, je...

ÈVE. — C'est égal !... Il est dur de me voir accuser de choses... que je ne comprends qu'imparfaitement, parce que monsieur de Xaintrailles est tombé chez

moi du ciel... et dans un costume !... Ah !
très chic ! il n'y a pas à dire, très chic !...
Trop même !... Ses pantoufles me fai-
saient loucher !...

MORAY. — Je ne conçois pas que vous
badiniez avec des choses de cette gravité ?...

ÈVE, *s'animant.* — Ah ça !... Parce
qu'une jeune fille aura été pendant cinq
minutes en tête à tête avec un monsieur quelconque, on croira... (*Avec colère.*) Ah ! tenez, vous êtes tous stu-
pides !...

MORAY, *très ému.* — Mais moi, je suis
certain que vous êtes un ange !...

ÈVE, *souriant.* — Ça, c'est exagéré !...

MORAY. — Mais ce sont les autres qu'il
faut convaincre, ce n'est pas moi...

ÈVE. — Pas vous ?... Alors, vous, vous
êtes sûr de... de mon innocence ?...

MORAY, *convaincu.* — Absolument...

ÈVE, *anxieuse*. — Vous m'épouseriez,
vous ?...

MORAY. — Ah ! je crois bien !...

ÈVE. — Sans explication ?...

MORAY, *avec élan*. — Tout de suite !...

ÈVE, *radieuse*. — Vrai, vrai ?... Si vous
saviez... si... (*Elle s'assoit sur le divan et
sanglote nerveusement, la tête cachée
dans les coussins.*)

MORAY, *se penchant vers elle*. — Ève !...
Mademoiselle Ève... (*A part.*) Si je reste
là, je vais perdre complètement la tête,
moi !... (*A Ève.*) Je vous en supplie ?...
Ne vous désespérez pas comme ça...

ÈVE, *elle se relève et s'essuie les yeux*.
— Me désespérer ?... Ah ! non !... Je n'ai
pas pleuré, quand j'étais désespérée !...
Et, si je pleure à présent, c'est que je suis
heureuse...

MORAY, *surpris*. — Heureuse ?... pourquoi ?...

ÈVE. — Parce que vous avez cru à ma parole !... Je m'en souviendrai, allez !... (*Elle se sauve en courant.*)

MORAY, *faisant un mouvement pour la suivre.* — Mademoiselle Ève ?... (*Revenant sur ses pas.*) Bah !... à quoi bon ?... Avec tout ça, je suis beaucoup plus amoureux et pas plus avancé que tout à l'heure, moi !... J'ai eu peur qu'elle s'aperçût de mon émotion... Se moquerait-elle assez de moi si elle se doutait ?... (*Il sort à droite en apercevant le duc qui entre.*)

LE DUC, *en lui-même.* — En voilà une histoire !... ma femme m'écrit de venir la rejoindre à Paris!... elle dit que nous gênons !... qu'après ce qui s'est passé, les Griges préféreront être seuls !... Voyez-vous cette petite Ève, avec ses grands airs !... Enfin Xaintrailles est heureusement un garçon honorable, bien que cette

façon de forcer la main soit un peu...
comment dirais-je, un peu...

XAINTRAILLES, *il entre par le fond en tenant à la main une cage d'osier dans laquelle sont deux tourterelles.* — Mademoiselle Loulou n'est pas là ?...

LE DUC. — Ah ! vous voilà, vous ?...

XAINTRAILLES. — Oui... (*Il fait demitour.*) Je vais chercher mademoiselle Loulou pour me débarrasser de ces oiseaux...

LE DUC, *l'arrêtant.* — Attendez donc un instant !...

XAINTRAILLES. — Ils m'horripilent !... Depuis que nous sommes partis de Paris, ils n'ont pas cessé de saluer... comme ça... et de faire... tou... trrrrr... tou... trrrrr !... Madame de Chavannes en est malade d'énervement... et moi aussi...

LE DUC. — Mais, que diable !...

XAINTRAILLES, *regardant les tourterelles.* — Sales bêtes, va !... J'ai essayé de

les attacher en dehors de la voiture avec
mon mouchoir... Mais elles se cognaient
à la cage, elles se débattaient... elles
n'auraient plus eu une plume en arrivant...

LE DUC, *le secouant*. — M'écouterez-
vous à la fin ?...

XAINTRAILLES. — Vous avez quelque
chose à me dire ?...

LE DUC, *sévère*. — Oui, j'ai à vous dire
que je sais tout !...

XAINTRAILLES, *saisi*. — Hein ?...

LE DUC, *de même*. — Tout !...

XAINTRAILLES, *vivement*. — Tout ?...
Mais il n'y a rien !... Un simple flirt, je
vous jure...

LE DUC. — Ne jurez pas !... Je ne vous
demande, ni ce que vous avez fait cette
nuit, ni dans quelle intention vous l'avez
fait ?... Ça ne me regarde pas...

XAINTRAILLES, *ahuri*. — Ah !...

LE DUC. — Je constate simplement ce
qui est... Toute la maison est boule-
versée... Ma femme veut s'en aller, et ça
m'ennuie à cause des lapins... parce que
c'est un tir que j'adore...

XAINTRAILLES. — Mais...

LE DUC. — Depuis ce matin, tout le
monde accable cette malheureuse jeune
fille de reproches, de questions... (*Mouvement de Xaintrailles.*) Elle refuse toute
explication... Elle attendait probablement
votre retour...

XAINTRAILLES. — Comment, c'est...
c'est de mademoiselle Ève que vous parlez ?...

LE DUC, *surpris.* — Et de qui voulez-
vous que ce soit ?...

XAINTRAILLES, *atterré.* — Comment !...
on a su... on croit !... (*Se précipitant.*)
Ah ! mais il faut que je voie madame de
Griges, que je...

LE DUC, *courant après lui.* — Xaintrailles !... Xaintrailles !... Attendez donc, sapristi !... (*Ils croisent la marquise qui entre avec Colette et la chanoinesse.*)

COLETTE. — Allons donc !... C'est impossible !... D'abord elle est foncièrement honnête et délicate... Ensuite elle trouve Xaintrailles grotesque !...

LA CHANOINESSE, *scandalisée.* — Grotesque ?... lui ?...

LA MARQUISE. — Grotesque tant que tu voudras!... Il n'en est pas moins vrai que cette nuit même, en causant avec moi, elle le défendait...

ROBERT, *entrant par la droite avec Moray et Jacques.* — Et hier soir, elle a quitté le salon de très bonne heure... Elle m'a dit qu'elle était fatiguée... Elle m'a menti... Elle allait l'attendre... elle...

JACQUES, *vivement.* — Robert !... Je t'en prie ?... Tais-toi !... Ève n'a rien à se reprocher...

LA MARQUISE. — Je veux le croire, mais qu'en sais-tu ?... Il y a un fait certain, c'est que ce matin Xaintrailles est sorti de la chambre de ta sœur...

LOULOU, *qui entre à gauche avec Louville et Juvisy.* — De la chambre d'Ève ?... Ah ! par exemple !...

COLETTE. — Qu'est-ce que tu viens faire ici, toi ?... Va-t'en !...

LOULOU, *vexée.* — Je m'en vais !... (*Rognonnant en s'en allant.*) — Mais je sais bien que monsieur de Xaintrailles peut pas être sorti de chez Ève... puisque c'est pas là qu'il est entré... (*Stupéfaction générale.*)

COLETTE, *s'élançant sur Loulou et la ramenant par le bras.* — Qu'est-ce que tu dis ?... Où est-il entré, où ?...

LOULOU, *étonnée.* — Ben, parbleu, chez madame de Jurieu !... (*Stupeur.*)

TOUS. — Ah !...

COLETTE. — Eh ! allons donc !...

LA MARQUISE, *saisie.* — Chez Suzanne ?...

LOULOU. — Oui, Grand'mère !... Je me suis même demandé ce qu'il pouvait aller y faire à cette heure-là ?...

LA MARQUISE. — Mais tu rêves !...

LOULOU, *impétueusement.* — Ah ! c'est fort !... Il y avait déjà plusieurs nuits que je l'entendais trifouiller dans sa chambre... et sortir... et rentrer... Alors ça m'intriguait, na ! Je me suis cachée dans le corridor et je l'ai vu, voilà !... J'ai tort de vous raconter tout ça, je vais encore être grondée !...

COLETTE. — Grondée ?... Tiens, toi, tu es un amour !... (*Elle lui prend la tête et l'embrasse de toutes ses forces.*) Ah !...

Tu es souvent bien insupportable, mais aujourd'hui, je t'adore !... (*Elle l'embrasse encore.*)

JACQUES, *l'embrassant aussi.* — Moi aussi, je t'adore !...

LA MARQUISE, *l'attirant à elle et l'embrassant en souriant.* — Moi aussi !...

LOULOU, *ravie.* — Ah bien !... si je m'attendais à ça !... (*Étonnée.*) Pourquoi ça vous fait-il tant de plaisir que monsieur de Xaintrailles soit entré cette nuit dans la chambre de madame de Ju...

COLETTE, *voyant entrer Ève, Xaintrailles et le duc, la saisissant violemment par le bras et l'interrompant.* — Veux-tu te taire ?...

LOULOU, *complètement ahurie.* — Ah !... Voilà qu'on reprend les manières ordinaires !... Déjà !... (*Xaintrailles entre la cage à la main.*) Lui !... Quel bon-

heur... Il a pensé à moi !... (*Elle se fau-
file vers Xaintrailles qui lui remet les oiseaux et reste à causer avec elle.*)

LA MARQUISE, *à Ève.* — Ma pauvre
chérie, me pardonneras-tu de n'avoir pas
deviné ?...

MORAY, *ému, mais cherchant à plai-
santer.* — Bravo, Chevalier Ève !...

ÈVE, *effarée.* — Comment ?... Qui est-
ce qui a dit...

LOULOU, *criant.* — Moi !... (*Elle reprend sa conversation avec Xaintrailles.*)

COLETTE, *à la marquise.* — Pauvre
Grand'mère !... Votre chère Suzanne !...
Quelle désillusion !... (*Elle rit.*)

LA MARQUISE. — Oh ! tu es enchan-
tée !... Avoue-le ?...

COLETTE. — Mais, je l'avoue !... (*Montrant Ève.*) Regardez ces bons grands
yeux-là ... C'est plus rassurant que tous
les yeux baissés du monde, allez !...

ROBERT, *à Ève.* — Ève, je vous demande pardon... pardon de ma brutalité... de mes soupçons... (*Il s'agenouille presque.*) Me pardonnerez-vous jamais ?...

ÈVE, *lui tendant la main.* — Je vous pardonne tout de suite... et de bon cœur... (*Mouvement joyeux de Robert.*) Mais je ne vous épouse pas !... Oh ! ça, jamais, par exemple, jamais !... (*Mouvement de Moray. Jacques et la marquise semblent désolés.*) Je vous l'avais bien dit, nous ne sommes pas faits pour nous entendre... (*Un temps.*) Voilà Grand'-mère et Jacques qui font des figures de l'autre monde... (*Allant à eux.*) Voyons ?... Je n'épouse pas Robert, c'est vrai !... Mais qu'est-ce que vous désirez surtout ?... Que je me marie, n'est-ce pas ?... (*A la marquise.*) Eh bien, je vais vous donner pour petit-fils celui, qu'après vos enfants, vous aimez le mieux au monde...

LA MARQUISE. — Qu'est-ce qu'elle dit ?...

ÈVE, *continuant.* — Si, toutefois, il consent à m'épouser !... (*Allant à Moray.*) Voulez-vous, Pierre, que la petite amie d'autrefois devienne l'amie de toujours ?... Voulez-vous m'aimer un peu ?...

MORAY. — Ah! Dieu!... Mais je vous adore !...

ÈVE, *souriant.* — Je l'ai bien vu tantôt... Et c'est tantôt que j'ai compris... tout à fait, que je vous aimais, moi aussi...

JACQUES, *à Moray.* — Comment, vous aimiez Ève, vous ?...

MORAY. — Si je l'aimais !...

JACQUES. — Et vous ne le disiez pas ?...

LA MARQUISE, *narquoise.* — Pierre ne

voulait pas se marier... Il craignait le sort de... (*Elle s'arrête en regardant le Duc.*)

LE DUC, *à Jacques.* — Où donc était-il, Xaintrailles ?...

JACQUES, *embarrassé.* — Mais... je... prenez garde, le voilà !... (*Il s'approche de Xaintrailles et lui parle avec animation.*)

LE DUC, *à part.* — Je crois que la petite le sait... (*A demi voix, à Loulou.*) Vous savez où était Xaintrailles cette nuit ?...

LOULOU. — Parbleu ?... il était chez la... (*Elle regarde autour d'elle et s'arrête interdite.*)

LE DUC, *suivant son regard et apercevant la chanoinesse.* — Ah bah!... la Chanoinesse ?... (*Il éclate de rire.*)

LOULOU, *à part.* — Qu'est-ce qu'il dit ?...

LE DUC, *narquois, à Xaintrailles.* — Tous mes compliments !...

XAINTRAILLES. — Pourquoi ?... (*A part.*) Qu'est-ce qu'il a encore ?...

LA MARQUISE. — Colette !... Si tu faisais descendre tes enfants, on va allumer l'arbre de Noël ?...

MORAY, *à Ève, lui montrant l'arbre.* — Tout à l'heure, quand je vous voyais là, colère, nerveuse, agressive, je ne me doutais guère (*Lui baisant les mains.*) du grand bonheur qui m'attendait...

ÈVE. — Moi non plus !...

LE DUC, *à Xaintrailles.* — Elle est encore charmante, la Chanoinesse !...

XAINTRAILLES. — Mais oui... (*En lui-même.*) Pourquoi me dit-il ça ?...

Les amoureux

Les amoureux

<hr>

L'AMOUR A TRAVERS LES AGES

DIALOGUES BREFS

<hr>

ADAM ET ÈVE

Le paradis terrestre. Ciel implacable-
ment bleu. Eaux toujours calmes et lim-
pides. Arbres superbes toujours verts.
Fleurs toujours épanouies. Fruits tou-
jours mûrs. Gazons toujours veloutés.
Parfums toujours troublants.

ADAM, *bâillant.* — Je ne m'amuse pas

ici !... (*Se rengorgeant.*) Dieu me doua pourtant d'intelligence, de justice...

ÈVE, *s'étirant.* — Te donnes pas de coups de pied !...

ADAM. — Il me doua aussi d'amour...

ÈVE, *faisant la moue.* — Heu ! heu !...

ADAM, *continuant sans paraître remarquer l'interruption.* — ... et d'immortalité...

ÈVE. — C'est ça qui sera long!...

ADAM. — En somme, Dieu me créa à son image... il me fit le plus beau des êtres... au risque d'offusquer les autres...

ÈVE. — Et moi?...

ADAM. — Quoi, toi ?...

ÈVE. — Oui, tu ne parles jamais que de toi... Qu'est-ce que je suis, moi ?...

ADAM, *tendre soudain.* — Tu es l'os de mes os et la chair de ma chair...

ÈVE. — Alors je suis aussi le plus beau des êtres ?...

ADAM. — Après moi... oui...

ÈVE, *allant se regarder dans l'eau d'un lac.* — Après toi... pourquoi, après?...

ADAM. — Parce que... (*Cherchant.*) parce que le Seigneur a décidé que ce serait ainsi...

ÈVE, *soucieuse.* — Ah !.... (*Un temps, elle regarde autour d'elle.*) Il est beau, n'est-ce pas, notre Paradis?...

ADAM, *sans regarder.* — Superbe!... (*Il bâille.*)

ÈVE, *revenant à son idée.* — Alors... comme ça... tu m'es supérieur ?...

ADAM. — Oui...

ÈVE. —- Pourquoi...

ADAM, *nettement.* — Parce que je suis l'homme !...

ÈVE. — .   .   .   . (*Long silence.*)

ADAM, *bâillant de plus en plus fort.* — Tu as raison... c'est beau le Paradis !...

mais c'est un peu trop monotone...

Ève, *inquiète.* — Tu n'es pas heureux?...

Adam. — Si... si... très heureux!... seulement je te le répète... c'est trop toujours la même chose...

Ève — Mais... tu m'as...

Adam. — Certainement... je t'ai... mais toi aussi, c'est trop toujours la même chose...

Ève. — Dame !... je ne peux pas me changer...

Adam, *grognon.* — C'est bien de ça que je me plains...

Ève, *tristement.* — Ah!... (*Un temps.*) Toi non plus, tu ne changes pas!... tu es toujours le même... et je ne me plains pas, moi!...

Adam, *agacé.* — Ce n'est pas du tout la même chose...

Ève. — Pourquoi?...

ADAM. — Parce que toi, tu es la femme!...

ÈVE. — Ça te satisfait, cette explication?...

ADAM. — Certainement!... moi, j'ai des aspirations, des besoins... que toi, tu n'as pas...

ÈVE. — Qu'est-ce que tu en sais?...

ADAM. — Je sais que tu ne peux pas... que tu ne dois pas avoir d'autre horizon que moi... d'autre souci que mon bonheur...

ÈVE. — Et toi ?...

ADAM. — Moi aussi... (*Soucieux.*) quant à présent... (*Un temps.*)

ÈVE. — A quoi penses-tu?...

ADAM. — A des tas de choses... (*Il sourit.*)

ÈVE. — Par exemple ?...

ADAM. — Par exemple, il me semble que tu devrais t'ingénier à... comment

dire?... à te renouveler... si je puis ainsi
m'exprimer...

ÈVE, *perplexe*. — Comment faire?...
(*Un temps.*) Dis donc?...

ADAM, *se réinstallant pour dormir*. —
Quoi?...

ÈVE. — Je ne sais rien, moi !...

ADAM. — Je m'en aperçois...

ÈVE, *vexée*. — Dame!... On fait ce qu'on
peut...

ADAM. — Tu es d'une ignorance!...

ÈVE. — Ça c'est vrai... mais si tu voulais...

ADAM, *bourru*. — Quoi?...

ÈVE. — Me laisser goûter à l'arbre de
science?...

ADAM, *effaré*. — Vas-tu te taire!...

ÈVE. — Le serpent m'a souvent offert
des pommes, va?...

ADAM, *terrifié*. — Il t'a of ..

ÈVE. — ...fert d'en manger... oui!... et

peut-être que... que ça me... renouvelle-
rait, comme tu dis?...

ADAM — Mais... c'est défendu...

ÈVE. — Bah!... on peut toujours essayer?...

ADAM, *Il prend son parti.* — Eh bien,
essaye... (*Un temps.*) et si c'est bon... tu
viendras me le dire?...

ÈVE. — Comment donc!... (*Elle s'é-
lance à la recherche du serpent.*)

DAPHNIS ET CHLOÉ

*Un fleuve bleu qui coule lentement
entre deux haies de mûriers blancs.
Dans l'eau :*

DAPHNIS, *dix-huit ans, à Chloé qui le
regarde.* — A quoi penses-tu?...

CHLOÉ, *quinze ans. Costume : une peau
de chevreau blanc. Le teint rose, le regard
noyé, elle s'appuie au tronc d'un mûrier.*
— Je pense que tu es plus beau et mieux
fait que les autres bergers...

DAPHNIS. — Et c'est aujourd'hui seulement que tu fais cette remarque?...

CHLOÉ. — Oui...

DAPHNIS. — C'est bizarre!...

CHLOÉ, *pensive*. — C'est bizarre!... (*Un temps.*) Tu n'as pas froid dans cette eau glacée?...

DAPHNIS. — Mais non... pourquoi?...

CHLOÉ. — Parce qu'il me tarde de t'en voir sortir...

DAPHNIS. — Pourquoi?...

CHLOÉ. — Je ne sais pas!...

DAPHNIS. — Voilà... je sors... (*Il remonte sur la berge.*)

CHLOÉ, *se suspendant à son cou.* — Oh! oui!... tu es beau.. tu es beau, beau!...

DAPHNIS. — Tu vas te mouiller !...

CHLOÉ, *l'embrassant.* — C'est ça qui m'est égal!...

DAPHNIS, *troublé.* — Tes lèvres sont plus tendres que la rose...

CHLOÉ, *heureuse.* — Vrai, ça?...

DAPHNIS. — Ta bouche est plus douce que le miel...

CHLOÉ. — Bien vrai?...

DAPHNIS, *de plus en plus troublé.* — Ton baiser est plus cuisant qu'une piqûre d'abeille...

CHLOÉ, *embêtée.* — Oh!...

DAPHNIS, *vivement.* — Mais ça n'est pas désagréable... au contraire!...

CHLOÉ, *ravie.* — Alors, tu recommences?... (*Elle tend ses lèvres.*)

DAPHNIS, *l'embrassant longuement les yeux fermés.* — C'est bon, bon!...

CHLOÉ. — Tu es heureux?...

DAPHNIS. — Absolument !... (*Un temps.*) c'est-à-dire, non... pas absolument!... il me semble qu'il me manque quelque chose...

CHLOÉ. — Quoi?...

DAPHNIS. — Je n'en sais rien!... Viens, là-bas, dans le bois de lauriers-roses... tu m'embrasseras encore?...

CHLOÉ. — Allons-y?... (*Un temps.*)

C'est gentil d'être là... perdus tous les deux dans les arbousiers et les myrtes...

DAPHNIS, *pensif*. — Tout plein gentil... (*Il l'embrasse.*)

CHLOÉ, *troublée*. — C'est vrai que c'est bon!...

DAPHNIS. — Et ça cuit?...

CHLOÉ. — Oui... ça cuit...

DAPHNIS. — Alors, tu es heureuse?... tout à fait heureuse?...

CLOÉ, *hésitante*. — Pas tout à fait... il me semble aussi qu'il me manque quelque chose...

DAPHNIS. — Tu ne sais pas quoi?...

CHLOÉ. — Non... et toi?...

DAPHNIS, *rêveur*. — Moi non plus!...

.   .   .   .

JOSEPH ET MADAME PUTIPHAR

Dans un boudoir égyptien. Sur un lit de repos en porphyre supporté par des sphynx.

MADAME PUTIPHAR. *Age indécis. Plus troublante que vraiment belle. Draperies suggestives et transparentes. Faisant signe à Joseph qui passe dans une galerie.* — Psstt!... psstt!...

JOSEPH, *s'arrêtant.* — Vous deignez

m'appeler, maîtresse?... (*Madame - Putiphar continue. sans répondre, à lui faire
signe d'approcher.*)

JOSEPH, *sans bouger.* — Vous désirez
me parler?...

MADAME PUTIPHAR, *agacée.* — Oui...

JOSEPH, *avançant d'un pas et attendant
dans une attitude respectueuse.* — J'é-
coute...

MADAME PUTIPHAR. — Approche... plus
près... plus près encore... Dis-moi... sais-
tu que tu es très beau ?...

JOSEPH, *modeste.* — Très beau n'est
peut-être pas le terme propre... mais
si, tel que je suis, je plais au Seigneur...

MADAME PUTIPHAR, *vivement.* — Il n'y
a pas qu'à lui!...

JOSEPH, *toujours dans la même attitude
soumise et respectueuse.* — Maîtresse...
j'ai mal ouï?...

MADAME PUTIPHAR. — Je dis : il n'y a pas qu'au Seigneur que tu plais...

JOSEPH. — Votre époux, mon vénéré maître, veut bien aussi trouver son serviteur digne de sa confiance...

MADAME PUTIPHAR, *avec une petite moue.* — Tu l'es...

JOSEPH. — J'y tâche!...

MADAME PUTIPHAR, *le regardant lentement.* — Et moi?...

JOSEPH, *interrogativement.* — Et vous, maîtresse?...

MADAME PUTIPHAR. — Ne t'aperçois-tu pas que, moi aussi, je te trouve digne de ma confiance?...

JOSEPH, *croisant les bras et ramenant ses mains aux épaules en s'inclinant profondément.* — Votre serviteur est plein de joie, maîtresse!...

MADAME PUTIPHAR. — Alors, approche?...

JOSEPH, *avançant un peu*. — Que vous plaît-il de m'ordonner?...

MADAME PUTIPHAR. — Je vais te le dire... approche encore?... (*Joseph s'approche au point que la pointe de ses pieds touche le porphyre du lit.*) Et maintenant... penche-toi vers moi !... (*Il se penche.*) plus encore... ce que j'ai à te dire doit être murmuré tout bas...

JOSEPH, *tremblant, à part*. — Elle va encore faire assassiner quelqu'un, c'est sûr !... et c'est moi qu'elle veut charger de... Ah! mais non !... le Seigneur défend de tuer...

MADAME PUTIPHAR, *câline, l'attrapant par le cou et l'attirant à elle*. — Ce que j'ai à te dire, ne le devines-tu pas ?...

JOSEPH, *terrifié*. — Si !... je crains de le deviner...

MADAME PUTIPHAR, *surprise.* — Et c'est là ce qui t'effarouche à ce point?...

JOSEPH. — Oui, maîtresse...

MADAME PUTIPHAR, *impétueusement.* — Ne parle pas nègre!... (*Très tendre.*) Comment, tu n'es pas heureux de savoir que je t'aime?...

JOSEPH, *étonné.* — Que vous m'aimez?...

MADAME PUTIPHAR. — Oui!...

JOSEPH, *respirant.* — Et c'est tout?...

MADAME PUTIPHAR. — N'est-ce donc pas assez, ingrat?...

JOSEPH. — Oh! si! si! maîtresse!... c'est même trop!...

MADAME PUTIPHAR. — Et toi?...

JOSEPH, *interrogativement.* — Et moi ?... ?... ?...

MADAME PUTIPHAR. — M'aimes-tu?...

JOSEPH, *déférent.* — Maîtresse, je n'oserais pas dire que je vous aime... mais je

vous vénère... je vous vénère infini-
ment... comme je vénère votre époux...
mon auguste maître...

MADAME PUTIPHAR. — Ne parlons pas
de lui! (*A part.*) Il est superbe! mais pas
fort!... (*Haut, cherchant à l'attirer.*) Putiphar est eunuque de Pharaon... officier
du palais... il a tous les honneurs, toutes
les gloires... et il ne se soucie guère des
femmes...

JOSEPH. — Il a bien raison!...

MADAME PUTIPHAR, *sautant en l'air.* —
Hein ?... alors... tu ne les aimes pas non
plus, les femmes?...

JOSEPH. — Ah! Seigneur!... non!...

MADAME PUTIPHAR, *l'attirant de plus en
plus.* — C'est que tu ne les connais
pas?...

JOSEPH, *commençant à comprendre.* —
Oh ! ! ! mais c'est monstrueux !...

MADAME PUTIPHAR. — Que tu crois!...

mais, viens dans mes bras?... (*Elle se cramponne à lui.*)

JOSEH. — Jamais!... (*Convaincu*) j'aimerais mieux retourner dans ma citerne!... Lâchez-moi!... (*Il se secoue.*) Voyons, Madame, lâchez-moi !... (*On entend un craquement. Il parvient à se dégager.*)

MADAME PUTIPHAR, *regardant le manteau qui lui est resté entre les mains.* — Imbécile!... (*A Joseph qui fait un mouvement pour reprendre son manteau.*) Non... je le garde... comme un emblème de niaiserie qui portera ton nom chez les peuples...

JOSEPH, *abandonnant son manteau et parlant du seuil de la porte avant de sortir.* — Chez les peuples pourris!... Pour d'autres, au contraire, je serai « Yousouf »... et mon nom deviendra le symbole de la perfection Divine, alors que

votre détestable amour représentera l'as-
piration de la créature vers le Seigneur!...

MADAME PUTIPHAR, *gouailleuse*. — Que
ça!... (*Le regardant sortir.*) C'est tout de
même dommage!...

HELOÏSE ET ABÉLARD

*Une cellule du monastère d'Argenteuil.
Escabeaux. Meubles peu moelleux.*

ABÉLARD, *très beau, très bien campé,
se gobant en plein.* — Nous sommes loin,
ma Jolie, des catégories d'Aristote !... Ne
serait-il point temps que nous y revins-
sions ?...

HÉLOÏSE, *jolie, fine, gracieuse sous un
gracieux costume. Sans enthousiasme.* —
Comme il vous plaira, cher Seigneur !...

ABÉLARD. — La théorie des espèces a engendré fatalement la querelle, quatre ou cinq fois séculaire, des nominalistes et des réalistes...

HÉLOÏSE, *câline*. — Tu l'as déjà dit... (*Elle l'embrasse.*)

ABÉLARD, *la repoussant légèrement.* — Tous deux ont tort... il n'y a pas que l'universel qui soit réel... il n'y a pas que l'individu qui soit réel...

HÉLOÏSE, *se serrant contre lui, et le regardant avec admiration.* — Crois-tu ?...

ABÉLARD, *vexé.* — Si tu m'interromps toujours...

HÉLOÏSE, *docile.* — Je ne dirai plus rien...

ABÉLARD. — Je soutiens, moi, que les universaux sont quelque chose de plus que des mots... quelque chose que l'esprit conçoit et qui a ainsi une existence intellectuelle... et je rejette l'hypothèse des réalistes qui reconnaissent une nature absolument identique dans tous les individus d'un même genre et d'une même espèce...

HÉLOÏSE, *s'efforçant de s'intéresser.* — Et qu'est-ce que l'espèce, selon vous?...

ABÉLARD. — Pour moi, comme pour tous les intellectuels de ma trempe, l'espèce est une collection d'individus différents par la forme propre de chacun, mais semblables quant à la matière, et la matière de chaque individu n'existe nulle part qu'en lui-même...

HÉLOÏSE, *très tendre.* — Laissons là les nominalistes et les réalistes, veux-tu?... ça te reposera un peu... et aussi ce pauvre saint Bernard, à qui tu donnes tant de tintouin...

ABÉLARD. — Saint Bernard... pour-

quoi saint?... il n'est pas saint que je
sache?...

HÉLOÏSE. — Pas encore... mais il le
sera!...

ABÉLARD, *vexé*. — Ah !... revenons au
conceptualisme, ma toute Jolie?...

HÉLOÏSE. — Est-ce bien nécessaire?...
parle-moi plutôt de ton amour... (*Elle se
serre contre lui.*)

ABÉLARD. — Mon amour !... il est immense, tu le sais?...

HÉLOÏSE. — Oui...

ABÉLARD. — Il est profond comme la
mer, lumineux comme le firmament, in-
fini comme l'espace.

HÉLOÏSE, *se serrant de plus en plus.* —
Oui...

ABÉLARD. — Je sens rouler sur mon
épaule la molle caresse de ta tête chérie...
je sens frissonner contre ma joue tes cheveux embaumés... (*Il l'embrasse.*) j'écrase

sous mes baisers les cerises de tes lèvres...

HÉLOÏSE, *s'attachant à lui, frémissante,
le regard noyé.* — Et puis après?...

ABÉLARD. —   .   .   .   .

MONSIEUR DE CHATEAUBRIAND
ET MADAME RÉCAMIER

*Un petit salon. — Meubles Empire.
Acajou et cuivre, velours d'Utrecht jaune
rayé.*

MADAME RÉCAMIER, *quarante-cinq ans.
Robe de linon blanc, ceinture bleu cé-
leste.* — On dirait que vous n'êtes pas
content de me revoir?...

MONSIEUR DE CHATEAUBRIAND, *cin-
quante-quatre ans. Haut cravaté. La coiffure et la redingote que l'on sait.* — Mais
si... mais si!...

MADAME RÉCAMIER. — Vous manquez
de conviction, avouez-le?...

MONSIEUR DE CHATEAUBRIAND. — Dame!... vous me fuyez pendant deux ans...

MADAME RÉCAMIER. — Pourquoi demandiez-vous ce que je ne pouv... (*Se reprenant.*) voulais pas vous accorder?...

MONSIEUR DE CHATEAUBRIAND. — Pourquoi?... parce que je ne suis pas comme monsieur Ballanche, moi, Madame !... parce que, si je consens à platoniser... ce n'est que pour un temps!... Après, moi, je veux autre chose...

MADAME RÉCAMIER. — Autre chose que moi je ne veux pas donner...

MONSIEUR DE CHATEAUBRIAND. — Que vous ne voulez pas me donner... mais que vous avez donné à d'autres...

MADAME RÉCAMIER. — Jamais!...

MONSIEUR DE CHATEAUBRIAND. — Ceci me semble... sévère... si j'ose ainsi m'exprimer...

MADAME RÉCAMIER. — C'est pourtant comme je vous le dis... Je ne me suis jamais donnée à personne...

MONSIEUR DE CHATEAUBRIAND, *narquois.* — Et monsieur Récamier?...

MADAME RÉCAMIER. — Oh!... un père!...

MONSIEUR DE CHATEAUBRIAND. — Oui!... parfaitement!... on dit toujours ça!... Et le petit Ampère ?... me ferez-vous croire, Madame, qu'il vous a escortée pour rien en Italie, le petit Ampère?...

MADAME RÉCAMIER. — Un enfant!...

MONSIEUR DE CHATEAUBRIAND. — Un enfant de vingt ans!... l'âge des beaux appétits !... Un père !... un enfant !... Je les connais ces pères et ces enfants-là !...

MADAME RÉCAMIER. —   . . . . .

MONSIEUR DE CHATEAUBRIAND. — Et Adrien et Mathieu de Montmorency ?... en voilà deux que je ne peux pas voir avec

leurs mines douceâtres !... Et Berna-
dotte ?... Et le prince Auguste ?... Ce
pauvre garçon qui s'est fait enterrer avec
votre bague!...

MADAME RÉCAMIER. —   . . . . .

MONSIEUR DE CHATEAUBRIAND. — Et
puis... admettons même que... pour
vous complaire... je veuille bien croire
que vous n'avez rien accordé à tous ces
gens-là, ce n'est pas une raison pour me
mettre au même régime qu'eux...

MADAME RÉCAMIER. — Je vous y met-
trai, pourtant!...

MONSIEUR DE CHATEAUBRIAND, *se levant.*
— Adieu, Madame !...

MADAME RÉCAMIER, *paisiblement.* —
Vous savez très bien que vous ne vous en
irez pas...

MONSIEUR DE CHATEAUBRIAND. — Alors,
parlons d'autre chose... (*D'un ton déta-
ché.*) Qu'avez-vous fait en Italie?...

MADAME RÉCAMIER. — Des excursions charmantes...

MONSIEUR DE CHATEAUBRIAND. — Avec le petit Ampère?...

MADAME RÉCAMIER. — Et avec aussi la reine Hortense... qui m'aime beaucoup...

MONSIEUR DE CHATEAUBRIAND, *amer*. — Et qui vous donnait des rendez-vous la nuit... dans le temple de Vesta...

MADAME RÉCAMIER. — C'est mal?...

MONSIEUR DE CHATEAUBRIAND. — Mon Dieu!... ça dépend!... (*Un temps.*) Voyons, Madame... parlons sérieusement... Je vous aime... vous le savez ?...

MADAME RÉCAMIER. — Oui...

MONSIEUR DE CHATEAUBRIAND. — Et vous m'aimez... je le sais aussi... (*Mouvement de Madame Récamier.*) du moins vous me l'avez laissé entendre... Vous êtes libre?...

MADAME RÉCAMIER. — Oui...

MONSIEUR DE CHATEAUBRIAND. — Alors, pourquoi ne voulez-vous pas, dites, Madame ?... Pourquoi ?... Dites-moi au moins pourquoi ?...

MADAME RÉCAMIER. — Je ne peux pas !...

MONSIEUR DE CHATEAUBRIAND. — On peut tout ce qu'on veut !...

MADAME RÉCAMIER. — Pas moi, hélas !... Du reste... je ne sais pas pourquoi je dis « hélas !... » car ça ne me manque pas !...

MONSIEUR DE CHATEAUBRIAND, *vaguement inquiet.* — Je ne comprends pas les énigmes...

MADAME RÉCAMIER. — Je ne suis pas une énigme... (*Hésitante.*) je suis... (*Elle cherche, l'air embarrassé.*)

MONSIEUR DE CHATEAUBRIAND, *illuminé.* — Un phénomène ?...

MADAME RÉCAMIER, *les yeux baissés.* — Plutôt...

MONSIEUR DE CHATEAUBRIAND, *embêté.*

— Sapristi !... du diable si je me doutais de ça, par exemple!... Ah!... la voilà donc, l'explication de cette résistance farouche?...

MADAME RÉCAMIER, *froissée*. — Mais... permettez... je...

MONSIEUR DE CHATEAUBRIAND. — Pauv' petit Ampère, va!... (*Un temps.*) Je le comprends maintenant, ce besoin de plaire et d'asservir en promettant.

MADAME RÉCAMIER. — En promettant quoi, je vous prie?... une récompense honnête... je n'ai jamais entendu en promettre d'autre...

MONSIEUR DE CHATEAUBRIAND. — Alors, c'est vous qui n'étiez pas honnête en la promettant... car vous saviez parfaitement bien qu'il y avait erreur sur la qualité de la récompense promise...

MADAME RÉCAMIER. — Vous êtes trop subtil pour moi!...

TABLE DES MATIÈRES

E. GREVIN — IMPRIMERIE DE LAGNY — 8-1926.